우리가 우리에게 이야기를 들려준 이유는

# 우리가 우리에게 이야기를 들려준 이유는

ⓒ 곽유진 2025

초판 1쇄    2025년 11월 19일

지은이    곽유진

| | | | |
|---|---|---|---|
| 출판책임 | 박성규 | 펴낸이 | 이정원 |
| 편집주간 | 선우미정 | 펴낸곳 | 도서출판 들녘 |
| 기획이사 | 이지윤 | 등록일자 | 1987년 12월 12일 |
| 편집진행 | 이수연 | 등록번호 | 10-156 |
| 편집 | 이동하·김혜민 | 주소 | 경기도 파주시 회동길 198 |
| 디자인 | 조예진 | 전화 | 031-955-7374 (대표) |
| 경영지원 | 나수정 | | 031-955-7384 (편집) |
| 제작관리 | 구법모 | 팩스 | 031-955-7393 |
| 물류관리 | 엄철용 | 이메일 | dulnyouk@dulnyouk.co.kr |

ISBN    979-11-5925-971-5 (04810)

979-11-5925-708-7 (세트)

# 우리가 우리에게 이야기를 들려준 이유는

goble

곽유진

# 목차

★

소설을 읽는 간호사를 보았다. 공원에 내리는 나른한 햇살 아래에서 간호사는 낡은 책에 적힌 글자 하나하나를 입술을 움직이며 읽었다. 이따금 불어오는 바람에 눈을 살짝 찡그릴 뿐, 꾸며낸 세계에 빠져 이곳의 풍경이나 소음 따위 잊은 듯 보였다. 간호사는 이내 나를 발견하고 미소 지었지만 나는 급히 고개를 돌렸다. 소설이라니. 소설 따위라니.

내가 겪은 일과 내가 본 일 사이 경계마저도 희미해진다. 몸이 늙고 지친 만큼 정신도 이젠 지칠 대로 지쳤다. 할 수 있는 일이라곤 좋았던 시절을 마구 떠올려 지금의 고통을 조금이나마 잊어보는 것뿐이다. 그 수많은 회상 중에서 굳이 일부러 그 소녀를 떠올릴 일은 더더욱 없었다. 그래, 그 일은 내가 애써 피하고 있는 과거 중 하나일지도 모른다. 하지만 지난주 새로 배정받은 간호사와 눈이 마주치는 순간 그 소녀를 떠올리지 않을 수 없었다. 간호사는 내게 꽂힌 링거를 확인하며 인사를 했다. 처음 뵙겠습니다. 이렇게 만나게 되어서 영광이에요. 저는 새로 온 실습 간호사예요. 성함으로 부를까요? 깍듯한 태도였지만 내 입에선 시큰둥한 말이 튀어나왔다. 언제 봤다고 이름을 물어요? 그냥, 할멈이라고 불러요. 다들 그렇게 불렀으니까. 성질 고약한 노인의 첫 말에도 간호사는 웃음을 잃지 않았다. 이제 열일곱 살이라는 간호사는 내 성질에도 아랑곳하지 않고 작은 목소리로 재잘거렸다. 저는 소설을 좋아해요. 꾸며낸 이야기 따윈 시시한 세상이죠? 그래도 소설이 좋아요.

　　그날 밤 나는 잠을 이루지 못했다. 이토록 잠이 오지 않는 이유는 무엇일까? 오래 뒤척인 끝에 내가 그때의 이야기를 기록으로 남기고 싶어 한다는 사실을 알았다. 내가 애써 피하고 있던 그 과거를 다시 한 번 마주하고 싶었다. 나는 간호사에게 부탁해 두꺼운 공책과 볼펜 몇 자루를 얻었다. 간호사는 호기

심 가득한 눈으로 날 내려다보았다. 무얼 쓰시나요? 소설? 시? 아니라구요? 그럼 뭐죠? 아하, 지난 일들요. 일종의 자서전이네요. 볼펜말고 연필을 쓰시는 건 어때요? 그렇겠네요. 지울 수 없는 이야기라면. 나중에 보여주시면 좋죠. 그건 소설이 아니라도 좋아요.

　나 같은 노인을 보살피던 한 소녀가 있었다. 그 시절 여느 소녀처럼 당찼으며 동시에 차가웠고, 모두를 사랑했으며 모두를 미워했다. 이제 돌이켜보니 그 역시 그 소녀가 익힌 살아남는 법. 소녀가 살던 시대는 세상이 한 번 무너진 시대였다. 그 시대가 어떻게 무너졌는지, 왜 무너질 수밖에 없었는지는 굳이 이야기하지 않겠다. 소녀와 내가 겪은 일을 떠올리고 이야기하기에도 내 몸과 마음은 너무나 지쳤으니까. 그저 어느 날 세상 모든 시계와 기계, 전선에 흐르던 전기가 멈춘 때, 인간들이 사랑하던 도시와 문명이 무너졌던 시대, 회색 눈이 끊임없이 내리던 시절이라는 사실만 이야기하겠다.

\*

먼 곳에서 들려 오는 소음에 소녀는 눈을 떴다. 어둠 속에서 소녀의 갈색 눈이 반짝였다. 소녀는 눈도 한 번 깜빡이지 않으면서 조용한 걸음으로 창문에 다가갔다. 그 걸음은 너무나 차분하여서 소리가 조금도 들리지 않을 지경이었다. 오랫동안 도시를 횡단하면서 생긴 버릇이고 생존법이었다. 누가 알려 주지 않아도 스스로 익힌 몸짓. 소녀는 제 목에 목걸이처럼 걸고 있던 쌍안경으로 먼 곳을 관찰했다. 쌍안경이라고는 하지만 한쪽 렌즈는 이미 오래전에 깨졌고 한쪽만이 겨우 제 기능을 하고 있었다. 소음의 정체는 언제나 그랬듯, 낡은 건물에 쌓인 눈덩이들이 아래로 쏟아지는 소리였다. 하지만 소녀는 혹시나 모를 위협을 생각하며 신경을 곤두세웠다. 이

도시를 서른두 번이나 횡단하면서 위협이 될 만한 존재를 만난 적은 많지 않았지만 말이다. 하지만 지금은 사정이 다르다. 걸리적거리는 짐이 하나 있지 않은가. 소녀가 창문에서 떨어지자, 어둠 속에 숨어 있던 노인의 목소리가 들렸다.

— 뭐가 있어?

대답하기도 귀찮은 질문이었다.

— 아무것도.

하루 종일 물을 한 모금도 못 마신 탓에 목소리가 갈라졌다. 그런데도 오히려 투덜거리는 쪽은 노인이었다.

— 목이 마르네.

— 어제 물을 다 마셨잖아, 그쪽이. 참아. 이틀 뒤면 그 역에 도착할 테니까.

— 넌 참 버릇이 없구나.

— 뭐가?

— 늙은이에게 하는 말이 말이야.

— 웃긴 할멈이네. 어차피 다 얼어 죽을 운명인데 열일곱 살짜리한테 어른 대우라도 받고 싶어?

노인은 대꾸하지 않았다. 어제는 손가락이 까맣게 변한 시체를 보았다. 소녀의 말처럼 얼어 죽은 사람이었다. 시체는 입을 벌리고 있었기에 마치 갈증에 시달리다 죽은 사람처럼 보였다. 그 입안으로 회색 눈이 떨어졌다.

두 사람 사이에 짧은 침묵이 흘렀다. 침묵을 깬 것은 바람이었다. 바람이 낡은 창문을 흔들었다. 건물 안으로 마구 들어온 바람이 아래층을 흔드는 소리가 들렸다. 노인은 으스스한 건물 안을 훑어봤다. 벽 대부분은 금이 갔고 녹슨 철근을 다 드러낸 곳도 있었다. 노인은 또 한 번 물었다.

― 춥군. 언제 출발할 거야? 이 건물은 정말이지 어둡고 무서워.

― 어둡고 무서워? 이 정도면 그 뭐지… 호… 뭐라더라?

― 호텔?

― 그래. 호텔이나 마찬가지라고. 나 혼자였으면 저기 밖에서 침낭이나 덮고 잤을 거야.

노인이 피식했다. 호텔이라는 단어를 떠올리지

못하는 소녀를 비웃는지, 지금 처한 상황을 조소하는지는 알 수 없었다. 노인은 마른기침을 한 번 하고 물었다.

― 이 정도가 호텔이면 저기 널린 게 다 호텔이겠네. 그럼 호텔에 묵으면 되지 노숙은 왜 해?

― 이 건물도 언제 무너질지 모르니까. 이 도시에서 창문이 멀쩡한 건물은 찾기 힘들거든. 이 일대에서 이렇게 큰 창문이 멀쩡한 건물은 이곳뿐이야. 여기도 곧 무너지겠지.

소녀는 배우지 않아도 알고 있었다. 낡은 건물들은 언젠가 무너진다는 사실을. 소녀의 건조한 말에 노인은 일부러 대답하지 않았다. 창문과 건물을 흔들던 눈보라가 약해졌다. 다시 움직일 시간이었다. 소녀는 익숙한 움직임으로 침낭을 접기 시작했다. 노인은 소녀를 따라 어설픈 솜씨로 주섬주섬 침낭을 접었다. 소녀는 노인을 한참이나 노려보았다. 노인의 움직임은 느렸다. 소녀가 답답함을 참지 못하고 다가가자 노인은 오지 말라는 듯 손을 들었다. 소녀는 한숨을 쉬는 대신 질문을 했다.

― 호텔은 어떤 곳이야?

― 비싼 여관이지.

― 여관?

― 넌 정말 모르는 단어가 많구나.

― 내가 지금 당신 보호자라는 사실을 잊지 말아 줘. 나를 화나게 하지 말란 뜻이야. 당신 하나쯤 여기에 버리고 간 뒤, 그곳에 가서는 굶주린 늑대에게 물려 죽었다고 해도 아무도 신경 안 쓸걸?

― 버릇만 없는 줄 알았는데 인간성도 별로구나. 아무튼 여관은 여행객들이 돈을 내고 잠시 쉬어 가는 곳이야. 그런데 보호자라는 단어는 알고 있네?

― 됐고, 쉬어 가는 데 돈을 낸다고?

― 그렇지. 따뜻한 잠자리를 제공하거든. 호텔은 여관보다 더 비싼 곳이야. 대신 시설이 훨씬 좋지. 조식도 주지. 아침밥이란 뜻이야.

― 세상에. 당신들은 정말 좋은 시절을 살았군.

건물 밖으로 나온 뒤에도 노인은 이야기를 멈추지 않았다. 소녀는 그 이야기가 귀찮지는 않았다. 홀로 떠나는 정찰은 언제나 적막했다. 이렇게 누군가를 다른 지하철역으로 배달하는 일은 처음이었다. 적막한 일상에 생긴 변화는 낯설지만 흥미로웠다. 무엇보다 노인이 내뱉는 말과 이야기가 재밌었다. 단지 노인의 느린 행동이 조금 싫었을 뿐이다. 어차피 정해진 약속 시간 같은 건 없었다. 노인을 그곳까지 데려다주기만 하면 된다.

— 옛날엔 이곳에도 호텔이 있었겠지. 걷다가 보이면 말해줄게. 호텔은 말이야, 잠만 자는 곳이 아니었어. 예술가들에게 공짜로 방을 내주기도 했지.

— 공짜로? 왜지?

— 자기네 호텔에 유명한 예술가가 와서 묵고 가면 홍보를 할 수 있었으니까. 으음. 싸가지가 없고 배운 것도 없으니, 홍보라는 말도 모르겠구나. 일종의 자랑이라고 할 수 있겠네. 우리 호텔이 이렇게 좋은 곳이다, 그러니 다른 사람은 와서 돈을 내고 묵어라. 세상 사람들에게 자랑하는 거지.

— 미친. 유명한 예술가가 묵었다고 일부러 찾아가서 돈을 냈다고?

— 그렇다니까. 이해를 못 하겠구나.

— 날 비꼴 생각은 하지 말아줘. 나라고 그런 시절을 안 살아보고 싶었던 건 아니니까. 누군 이런 시대를 살고 싶은 줄 알아? 당신들 때문이잖아.

소녀의 날선 말에 노인은 고개를 돌렸다. 노인이 무어라 중얼거렸지만 들리진 않았다. 소녀는 제대로 접히지 않아 구겨진 노인의 침낭을 신경질적으로 썰매 위로 던졌다. 언제 부서져도 이상하지 않을 정도로 낡은 썰매 위에는 침낭 두 개와 철제 머그, 낡은 활과 화살과 시시한 잡동사니가 실려 있었다. 그래도 밖으로 떨어지지 않게 제 위치에 안전히 놓여 있었다. 소녀는 이제 썰매 앞에 달린 끈들을 당겨 등에 멘 가방 끝에 묶었다. 노인은 눈치껏 썰매 왼편으로 다가왔다. 추위를 겨우 막아줄 정도로 낡은 장갑을 낀 오른손으로 썰매 한 켠을 움켜잡았다.

소녀는 썰매를 끌기 시작했다. 두 사람이 움직이자 눈보라가 거세졌다. 두 사람은 말없이 걷고 또 걸었다. 한참을 걷다 소녀는 문득 궁금해졌다. 이 도시 구석구석을 몇 번이나 횡단했지만 호텔이라고 할 만한 것을 본 적이 없다. 지겨운 회색 눈과 그 눈에 파묻힌 건물이 무게를 이기지 못하고 결국 무너져 내리는 것만 보았다. 아니, 사실은 호텔을 보았다고 해도 그게 호텔인지도 몰라봤겠지만. 소녀는 아주 살짝 고개를 돌려 노인을 확인했다. 노인은 썰매를 한 손으로 꼭 붙잡은 채 따라오고 있었다. 노인은 얼굴을 후드와 목도리로 칭칭 감싸고 있었다. 소녀는 아직 노인의 얼굴을 본 적이 없다. 소녀는 노인이 쓰러지기라도 할까 불안했다. 하지만 걱정과 달리 노인은 걸음을 멈추지 않고 꾸역꾸역 썰매를 따라오고 있었다. 노인은 썰매를 붙잡다시피 하고 있었지만, 썰매가 무거워지진 않았다. 조금도 체중을 싣지 않고 제 걸음으로 따라오는 고집이 있었다. 소녀와 눈이 마주치자 고개를 한 번 끄덕일 뿐이었다. 또한 번 더 몰아치는 눈보라에 소녀는 목도리를 당겨 입을 최대한 가렸다. 지금은 회색 눈보라에 파묻힌 이곳이 사람이 사는 진짜 도시일 때의 모습을 소녀는 한 번도 본 적이 없다. 지금 뒤를 따르는 노인이나 진짜 도시의 모습을 기억할까. 누구에게도 묻지 않았고, 그 누구도 들려준 적이 없었다. 도시가 도시

이던 시절의 이야기를.

　한참을 걸은 뒤 한 건물이 소녀의 시야에 들어왔다. 소녀에게 건물은 이정표였다. 하루를 걸어야 보이는 조금 높은 건물. 이틀을 걸어야 보이는 엄청 높은 건물. 옥상에 철탑이 있는 건물이 시야에 들어오면 떠나온 역으로 돌아가야 할 시간. 저 붉은빛 도는 건물이 보인다는 건 소녀도 지칠 만큼 걸었다는 뜻이었다. 그리고 이제부터 가는 길은 모두 처음 밟아보는 길이라는 뜻이기도 했다.

　소녀는 조심스레 고개를 돌렸다. 노인은 여전히 거기에서 썰매를 잡고 있었다. 해가 떨어지고 있었다. 햇살 없는 밤이 소녀는 편했다. 낮보다 밤에 걸었던 적이 훨씬 많았다. 하지만 이 노인을 데리고 있는 이상 밤길은 위험했다. 입을 가리고 있던 목도리를 내려 노인에게 말했다.

　— 이제 밤이야. 잘 만한 곳이 저 안에 있어.

　소녀는 건물 앞으로 썰매를 이끌고 갔다. 소녀는 이 안을 잘 알고 있다는 듯이 말했지만 불안했다. 이 건물 옆을 지나친 적은 많아도 안으로 들어서는 건

이번이 처음이었다. 소녀는 이 안에 어떤 공간이 있는지 전혀 몰랐다. 그렇다고 지친 노인과 노숙을 할수도 없었다. 무엇보다 이 도시 전체를 제 손바닥 안처럼 알고 있는 척하고 싶었다. 건물 입구에는 거대한 유리창들이 높은 벽처럼 버티고 서 있었다. 소녀가 그 벽 앞에 걸음을 멈추자 노인이 다가왔다.

— 유리창 같지만 이게 문이야.

소녀가 놀란 표정을 감추며 문을 밀자 그것은 생각보다 훨씬 부드럽게 열렸다. 내부는 소녀의 움츠러든 마음을 조롱하기라도 하듯 어둠을 뿜어냈다. 떨어지는 해가 뿜어낸 마지막 노란빛이 마치 길을 안내하듯 안으로 따라 들어왔다. 빛이 닿은 내부를 살피던 소녀는 짧은 탄식을 뱉어냈다. 거기에 사람이 있었다. 소녀는 그대로 굳었다. 금방 그것이 커다란 사진이란 사실을 알았지만, 등줄기에 돋은 소름이 여전히 가시지 않았다. 안으로 들어온 노인이 중얼거렸다.

— 역시 백화점이네.

— 백화점?

— 그래. 비싸고 좋은 물건들을 파는 큰 가게였지.

소녀는 속으로 노인과 그 시절을 조롱할 단어를 찾고 있었다. 하지만 을씨년스러운 건물 내부에서 부는 바람 소리가 그러고 싶은 마음을 달아나게 했다. 두건에 쌓인 눈을 털며 노인이 말했다.

— 다른 층으로는 가지 않는 게 좋겠어. 백화점은 창문이 없거든. 어두울 거야.

— 왜지? 창문이 있어야 물건들을 자랑할 수 있는 거 아니야?

— 아니야. 창문이 없어야 사람들이 해가 지는 줄도 모르고 물건을 사지.

— 흥. 역겨워.

소녀는 역겨워, 라는 세 음절에 힘을 줘서 말했다. 그 끝에는 당신 같은 노인네들이 편하게 살았던 시절도 포함해서, 라고 덧붙일 생각이었다. 노인이 웃음을 터뜨렸다.

— 맞아. 역겨웠지.

노인의 말에 소녀는 말문이 막혔다. 노인은 썰매에서 침낭을 꺼내다가 거친 기침을 몇 번 하더니 목에 걸린 침과 가래를 바닥에 뱉어냈다. 노인의 갈라지고 부르튼 입술 사이로 마른침이 흘러내렸다. 노인은 옷 깊숙한 곳에서 낡은 헝겊 한 장을 꺼내 입술을 훔쳤다. 노인은 그것을 몇 번 털어낸 뒤에 다시 옷 깊숙한 곳에 넣었다. 손수건이었다. 소녀는 또 한 번 노인을 조롱할 말을 찾았다. 하지만 노인은 웃기 시작했다.

— 내가 밉지? 미워하는 거 다 알아.

소녀는 대답 대신 물었다.

— 진짜로 궁금한 건데 말이야.

— 말해봐.

— 왜 다른 지하철역에서 당신을 찾는 거야? 그역은 나도 가본 적이 없는 곳인데 말이야.

— 글쎄. 나를 보고 싶어 하는 사람이 거기 있을 수도 있지.

— 당신 같은 사람을?

— 그런 이야기는 그만하자. 먹을 거 없어? 우리 오늘 종일 굶었잖아.

노인은 썰매 안으로 곁눈질을 했다. 썰매 안에는

식량이 있다. 지하철역을 떠날 때 챙겨 온 감자가 아직 한 개 남아 있다. 노인도 그걸 알고 있었다. 두꺼운 헝겊으로 감쌌지만 막 구웠을 때의 온기는 조금도 남아 있지 않았다. 소녀는 감자를 반으로 쪼개 반은 다시 썰매 깊숙이 넣고 나머지를 둘로 나눴다. 그 겉은 하루 만에 얼어붙어 푸석푸석하기까지 했다. 소녀는 노인에게 한 줌만 한 감자를 던졌다. 빛이 조금이나마 들어오는 벽에 기대어 감자를 먹기 시작했다. 소녀는 감자를 한입 베어 물고 건물 안을 살폈다.

백화점. 비싸고 좋은 물건을 팔던 큰 가게. 소녀는 가게라는 데에 가본 적이 없었다. 과거에 무얼 팔았는지 몰라도 백화점 안은 끝이 보이지 않을 정도로 넓었다. 어둠 속에서도 그 넓이를 어렴풋이 알 수 있었다. 석양이 백화점 안으로 들어와 내부 곳곳을 노랗게 물들였다. 비싸고 좋은 물건들이 놓였을 선반들. 화려한 옷을 입은 사람을 찍은 사진이 벽 전체에 붙어 있었다. 소녀는 감자를 한입 더 베어 물고 노인에게 물었다.

— 저 사진 속 사람들은 뭐 하는 사람이야?

— 저이들은 광고 모델이야.

— 광고? 모델?

— 아까 호텔 얘기했잖아. 우리 호텔에 오라고 홍보하는 예술가. 그런 거지. 저 사람들은 돈을 받고 여기에서 파는 옷을 입고 저렇게 사진을 찍었어.

소녀는 전혀 이해 못 하는 눈빛이었다. 노인은 그런 소녀를 비웃지 않았다.

— 저 사진 속 사람들은 옛날에 유명했거든. 그래서 이 옷을 입으면 저처럼 멋지고 유명해질 수 있어요, 하며 사진을 찍었던 거지.

— 순 거짓말쟁이들 같은데.

— 맞아. 여기선 거짓을 팔았어.

— 어떤 거짓?

— 이걸 입으면 행복해집니다. 이걸 사면 저처럼 젊고 예뻐질 수 있어요.

소녀는 낄낄거렸다. 소녀는 처음으로 이 노인의 말이 마음에 들었다. 이 노인은 소녀에게 아무렇지 않게 옛날이야기를 들려줬다. 세상이 멸망하기 전

이야기, 소녀는 살아본 적 없는 낭만이 가득했던 시절의 이야기를 노인은 망설이지 않고 들려줬다. 덕분에 소녀는 노인과 그 시대를 마음껏 조롱할 수 있었다. 그것이 소녀가 이 노인을 마음에 들어 한 이유였다. 지하철역에 숨어서 감자나 축내는 노인 중에 옛날이야기를 들려주는 이는 없었다. 소녀는 웃음을 참지 못했다. 노인이 보란 듯이 큰 소리로 깔깔댔다. 그 소리는 작게 메아리치며 어두운 백화점 속으로 사라져 갔다.

— 당신들이 살았던 시대는 참 재밌었던 것 같아. 이렇게 눈 속에 파묻혀 있지도 않고 배고프지도 않고 말이야. 그런데 서로 거짓말을 하고 살았군. 그럼, 저기 저 사람도 그 모델인지 뭔지겠지?

소녀는 바닥에 굴러다니던 잡동사니 하나를 벽으로 던졌다. 그것은 벽에 붙은 광고에 맞고 다시 바닥에 떨어졌다. 절반은 찢겨 나간 광고에서 모델의 얼굴은 거의 보이지 않았다. 하지만 노인은 그 얼굴을 알고 있었다. 까만 머리카락에 날카로운 눈매. 오랜 세월 함부로 방치된 바람에 본래 품고 있었을 선명한 빛과 색채는 이미 잿빛으로 바랬지만, 한때 아름답게 빛났을 얼굴. 그러나 이제 광고에 남은 거라곤 모델이 들고 있는 작은 화장품병과 옅은 미소뿐이었다. 노인은 몸을 일으켜 다가갔다. 노인이 짧게나마 신음 소리를 토하는 바람에 소녀는 놀랐다. 소녀가 비웃어도 노인은 대개 침묵을 지켰지만, 이번은 아니었다. 노인은 그 느린 걸음으로 광고판 가까이 다가갔다. 마치 광고판 속 모델을 쓰다듬을 듯이 손을 뻗었지만 닿지 않았다.

— 그래, 이런 아이가 있었어.

소녀는 남은 감자를 씹으면서 노인을 노려봤다.

— 아는 사람이야?

— 알다마다. 잘 아는 아이지.

— 그 아이가 뭘 했는데?

— 영화를 찍었지. 배우니까.

— 영화?

— 하아. 다른 건 몰라도 영화만은 너에게 어떻게 설명해야 할지 모르겠어. 지어낸 이야기를 사람이 연기하는 거야. 마치 그 이야기 속 사람이 실제 존재

하는 듯 말이야.

— 으음. 연극 같은 거?

— 맞아. 맞았어. 연극을 카메라라는 기계로 담으면 영화가 되지. 움직이는 그 모습들을 극장에서 다시 재생하는 거야. 그러면 온 세상 모든 사람이 똑같은 연극을 볼 수 있었어.

— 그 영화라는 게 그렇게 대단해?

— 그럼. 모두가 영화를 좋아했고 영화에 나오면 유명해지기도 했으니까. 유명한 사람이 나오는 영화는 더 유명했지.

백화점 안을 비추던 노란 햇빛은 이제 저 멀리 사라지고 없었다. 어둠과 추위가 백화점 안으로 스며들기 시작했다. 소녀는 침낭 안으로 몸을 숨겼다. 노인은 광고 속 아이를 바라보며 무어라 계속 중얼거렸다. 그건 마치 노래 같기도 하고 누군가에게 하는 말 같기도 했다. 소녀는 노인의 그런 목소리가 싫었다. 행복이 느껴지는 목소리였으니까. 소녀는 노인에게 말했다. 차라리 노인이 아무렇지 않게 들려주는 옛날이야기가 좋았다.

— 영화 이야기를 계속해줘.

— 이 아이…가 나온 영화 말이야?

— 그래. 이왕이면 그 광고 속 아이가 나온 영화 이야기를 해줘. 영화가 많았나 보네.

— 그럼. 매년 수천 편씩 세상에 나왔으니까. 이 아이도 영화 여러 편에 작은 역할로 나왔어. 그러다가 가장 주목받는 주인공 역할로도 한 편 겨우 찍었고.

— 와아. 정말 한가롭고 풍요로운 시대였나 보군. 좋아, 비꼬지 않을게. 얘기나 들려줘. 어차피 춥고 배고프고 밤은 길잖아.

— 그래. 저 아이가 주인공으로 나온 영화 얘기를 해줄게. 어차피 한 편뿐이니까. 영화는 어느 숲속을 보여주면서 시작해. 키 큰 나무들이 아주 아름답게 자란 곳이야. 전날 밤 눈이 아주 많이 왔기 때문에 몇몇 연약한 나뭇가지는 부러지기도 했어. 눈의 무게를 못 버틴 거지. 여기서 눈은 흰 눈이야. 지금 이곳과는 달라. 그런 숲 사이를 누군가가 조심스럽게 걷고 있어. 가죽으로 만든 장화를 신은 발이 느리지

27

만 신중하게 숲 사이를 이동하고 있었어.

— 그게 바로 저 아이?

— 맞았어. 하지만 아직 얼굴을 보여주진 않았어. 영화라는 게 그래. 기대감을 주기 위해 엉뚱한 걸 먼저 보여주기도 하거든. 아직도 화면은 장화만을 비추고 있어. 하지만 지루해하진 않아도 돼. 이내 어느 커다란 나무 뒤에서 장화 신은 발이 멈추거든. 이제 아이의 얼굴을 크게 볼 수 있어. 비록 얼굴을 두건으로 가려서 눈만 보이지만 그 눈은 날카롭게 빛나고 있어.

— 뭐야. 시시한 이야기네. 장화 신은 사람이 누군지 보여주는 게 전부잖아. 별것도 아니구만 사람들이 좋아했다고?

— 내 말을 끊지 말아줄래? 네가 들려달라고 해서 들려주잖아. 그리고 영화는 이제 시작한 지 일 분도 지나지 않았을 거야. 이 영화는 두 시간짜리 이야기거든.

— 그렇게 말해도 난 시간을 잘 몰라. 하루나 이틀이면 몰라도, 일 분이 얼마나 긴지, 두 시간이 얼마

나 짧은지는 모른다고. 움직이는 시계도 본 적이 없으니까.

　— 아까 떠난 건물에서 여기까지 오는 길이 두 시간쯤 걸렸을 거야.

　— 그럼, 옛날엔 그 시간 동안 그런 시시한 이야기가 나오는 화면을 멍하니 보고 있었다는 거네.

　— 그럼 그만할까? 오늘따라 유달리 어둡고 바람도 거친 밤이네. 잠 못 이루기 딱 좋은 날씨 아니야? 그래도 난 이만 자겠어. 혼자서 고독을 즐기든가.

　— 알았어, 알았어. 이젠 진짜 방해 안 할게. 그러니 날 재밌게 해줘.

★

    — 나무 뒤에 숨은 건 바로 저 아이였어. 광고 속에서 화장품병을 들고 웃고 있는 아이. 저 아이는 지금 누군가를 노려보고 있어. 이 숲엔 자신말고도 누군가가 더 있었으니까. 이 영화에서 저 아이의 이름은 모투나야. 저 아이가 모투나라는 인물을 연기하고 있는 거야. 이젠 아예 모투나라고 부르자. 모투나는 눈을 단 한 번도 깜빡이지 않으면서 누군가를 노려보고 있어. 모투나의 시선이 향한 곳엔 바로 괴물이라 부르는 흉측한 놈이 있었어. 괴물은 사람과 비슷한 듯 다르게 생겼어. 보라색 피부에 붉고 검은 머리카락을 치렁치렁 아무렇게나 길렀지. 하지만 사람만큼 현명하지 못했어. 개울가에 흐르는 맑은 물을 놔두고 숲 구석구석에 쌓인 눈을 퍼먹는 경우가

훨씬 많았어. 배가 고프면 긴 나무 꼬챙이를 들고 비명을 지르면서 동물을 사냥했지. 하지만 문제는 이 녀석들이 사람을 아주 싫어했다는 점이야. 사람이 보이면 일단 죽일 듯이 달려드는 난폭한 원시인이랄까? 모투나는 그 사실을 잘 알고 있었어. 모투나는 사실 깊은 숲속에 사는 순찰자였으니까. 이제 막 열일곱 살이 된 순찰자에겐 막중한 임무가 있었지. 그건 바로 깊은 숲속에 사는 부족만 얻을 수 있는 신비한 돌을 배달하는 일이었어. 산 아래 바다에 사는 부족에게 신비한 돌을 전달하면, 그들은 모투나에게 크고 싱싱한 물고기를 주었어. 그것이 깊은 숲속에 사는 부족에겐 맛있는 식량이 되었지. 딱 지루한 표정을 짓고 있군. 네가 알고 있어야 할 이야기라서 미리 말해본 거야.

— 그래. 듣고 있으니 계속해.

— 아. 어디까지 이야기했지?

— 멍청하긴! 모투나가 그 괴물 녀석을 지켜보고 있었잖아. 산 아래에 가서 물고기를 얻어 오는 길이었을까?

― 맞았어. 모투나가 메고 있는 배낭 안엔 묵직한 물고기가 들어 있어. 이미 돌을 배달하고 오는 길이지. 모투나는 조금이라도 빨리 부족이 있는 깊은 숲으로 돌아가야 했어. 하지만 모투나에겐 식량을 구해 오는 것말고도 임무가 하나 더 있었거든. 괴물을 보이는 족족 제거하는 일. 부족은 괴물을 약탈자라고 불렀어. 두 마리 약탈자는 모투나가 큰 나무 뒤에 숨어서 자신들을 노리고 있다는 사실을 아직 몰랐어. 녀석들은 태평하게 바닥에 쌓인 눈을 퍼먹으며 멍청이처럼 웃고 있었어. 그 녀석들은 사람처럼 말하지 않았어. 마치 원시 부족처럼 대화하고 있었지. 등엔 썩어서 악취가 진동하는 사슴 사체를 메고 있었는데 사냥한 지 일주일은 넘어 보였어.

　― 잠깐, 영화는 움직이는 화면만 나오는 거 아니야? 냄새도 맡을 수 있는 거야?

　― 아니. 움직이는 화면만 볼 수 있는 게 맞아. 냄새는… 내가 그렇게 느껴졌을 거라고 상상한 바를 전달해본 거야.

　― 흥. 그래. 좋아. 상상한 냄새도 얼마든지 넣어

서 재밌게 얘기해봐. 한 번만 더 재미 없어지면 다시 이야기를 못 하게 할 거야. 모투나가 녀석들을 죽였어?

— 모투나는 당연히 약탈자를 죽일 생각이었어. 그건 하루 걸려 산 아래로 내려가서 이틀 걸려 올라오는 것보다 쉬운 일이었거든. 약탈자는 언제나 멍청했고 놈들이 갖춘 무기라고 해봤자 날카롭게 부러뜨린 나뭇가지나 손에 잡히는 대로 집어 든 돌멩이가 고작이었지. 하지만 모투나는 항상 작은 손도끼를 가지고 다녔어. 그뿐인가, 장화엔 언제나 날을 세워두는 단검도 꽂혀 있었어. 모투나는 허리춤에 달려 있던 손도끼를 천천히 움켜쥐었어. 두 손으로 도낏자루를 쥐고 비틀듯이 힘을 주기 시작했어. 그래야 힘이 완벽하게 전달되거든. 머릿속에선 족장이 모투나를 훈련시킬 때 했던 말이 떠올랐어. **새의 아이야, 적에겐 내 발걸음 소리가 세상에서 제일 크게 들리는 법이란다. 적이 듣는 첫 소음은 그의 비명 소리여야 한단다.** 이건 영화에서도 들렸어. 모투나가 마음속에서 떠올린 소리를 관객 모두가 함께 듣는 셈

이지. 관객은 영화를 보는 사람을 말해.

— 영화란 건 놀랍군. 누군가의 마음속 소리도 모두가 함께 들을 수 있다니 말이야.

— 맞아. 그땐 그게 그렇게 소중한 줄… 아니, 그 시절 얘기는 하지 말자. 그랬다간 네가 또 날 비웃을 테니 말이야. 아무튼 영화로 돌아가서, 모투나는 숨을 참았어. 모투나 앞으론 얼어붙은 나뭇잎들이 깔려 있었고 이런 적막한 숲속에선 나뭇잎이 바삭거리는 소리도 짐승의 울음소리만큼이나 크게 들리는 법이니까.

— 지금, 영화 속 지금은 밤이야? 낮이야?

— 그걸 말 안 해줬구나. 햇살이 떨어지고 있는 늦은 오후였어. 산이 만든 그림자가 스스로를 덮기 시작했어. 하지만 아직 눈부신 빛은 남아 있었지. 모투나는 준비성이 철저한 순찰자였어. 도끼날에도 검댕을 발라두었거든. 그래서 햇살을 받아도 도끼는 함부로 빛나지 않았어. 적에게 모투나의 위치를 숨길 수 있다는 뜻이야. 그때 모투나는 달려 나갔어. 모투나가 처음 휘두른 도끼는 약탈자 한 명의 목에

정확하게 꽂혔어. 이 영화는 잔인한 장면을 보여주는 영화는 아니야. 하지만 모투나가 순간 뿜어낸 힘이 얼마나 강력했는지 약탈자의 목이 부러지는 소리가 들린 것만 같았지. 그 뒤에 있던 약탈자는 당황한 나머지 등에 메고 있던 사슴 시체를 휘둘러댔어. 약탈자는 모투나보다 키가 훨씬 컸어. 모투나는 그것마저 유리하게 활용했지. 약탈자 바로 앞으로 달려가서는 그 위로 도끼를 휘둘렀어. 약탈자의 짧은 비명이 들리고 관객들은 그제야 모투나의 얼굴을 보게 돼. 모투나의 얼굴을 가리고 있던 두건이 마침 풀리거든. 진실을 보여주는 뻔한 모습으로 말이야. 그리고 짜잔! 모투나도 약탈자와 똑같은 보라색 피부였어. 끔찍한 괴물처럼 보였던 약탈자와 모투나는 사실 닮은 존재였던 거지. 이제 화면은 어두워지고 타이틀이 서서히 떠올라.

　― 타이틀은 또 뭐야?

　― 영화의 제목이자 그 제목을 멋들어지게 쓴 글씨 같은 거라고 할까? 이제 영화가 진짜 시작한다는 의미기도 하지. 타이틀이 다시 사라지고, 화면엔

하얀 눈이 뒤덮인 산맥이 펼쳐져. 그 장면은 이 영화 속 세계를 알려주는 전설이었어. 대강 이런 내용이었지. 아주 먼 옛날 깊고 깊은 숲에는 아무도 살지 않았어. 크고 크신 새라 이름하는 거대한 새 한 마리 밖에는. 그 새가 날개를 펼치면 깊고 깊은 숲에 만년 동안 쌓인 눈을 모두 덮을 정도였지. 새는 만년설을 지키기라도 하듯 항상 그 위에서 잠을 청했어. 그러다가 배가 고프면 바다까지 날아가서 고래를 잡아먹고 돌아와서 잠을 잤어. 그러던 어느 날 태양이 점점 뜨거워지기 시작한 거야. 눈이 모두 녹아버릴 정도로 말이지. 이제 새는 고래를 사냥하러 바다로 떠나지도 않았어. 오직 눈을 지키기 위해 날개를 펼치고 숲과 그 숲에 쌓인 눈을 지키고 있었어. 결국 새는 죽을 때까지 그곳을 떠나지 않았어. 새가 죽자 그 사체에서 솟아난 피는 눈과 함께 섞여서 폭포와 개울을 이루어. 썩은 살점은 숲 곳곳에 스며들어 곤충이 되기도 하고 동물이 되기도 해. 크고 크신 새 자체가 깊고 깊은 숲에 사는 모든 생명 그 자체가 되어버린 거지.

— 정말 무슨 영화인지 하나도 모르겠어. 영화 이야기는 원래 그렇게 어려운 거야? 모투나가 약탈자들을 하루 종일 죽이는 영화는 없어?

— 이렇게 말로 전달하면 실제로 보는 것보다 훨씬 재미가 없어서 그래. 그리고 이 영화가 좀 난삽한 것도 사실이지. 흥행을 못 했거든. 사람들이 많이 안 봤다는 말이야.

— 그 깊고 깊은 숲은 또 어디에 있는 거야?

— 사실 그곳은 지구가 아니야. 외계 행성이지. 모투나는 외계인이었어. 모투나의 보라색 피부가 벌써 관객에게 그 사실을 말해준 거지. 약탈자도 같은 피부였고.

— 어이가 없군. 외계 행성이 나오는 영화라니. 맥빠져. 밤에 저 멀리 보이는 별을 말하는 거잖아. 거기엔 보라색 사람이 살고 있다고?

— 이해를 못 하네. 영화란 것 자체가 지어낸 이야기라니까. 모투나도 어차피 저 아이가 연기한 거잖아. 당연히 이 지구에서 찍었지. 가상의 공간을 만들어놓고 말이야.

— 그 정도는 나도 이해했어. 다만 난 당신네가 살았던 시절과 배경이 나오는 걸 듣고 싶었다고. 허무맹랑한 이야기가 아니라. 괜히 영화 이야기를 해달라고 했군.

— 생각해보니까 이 영화 이야기는 너에겐 어려울 것 같긴 해.

— 나를 비웃지 않는 게 좋을 거라고 했잖아.

— 내가 설명을 제대로 못 하겠다는 뜻으로 알아줘.

노인이 침낭 안으로 얼굴을 집어넣었다. 마치 작은 동물이 몸을 완전히 숨기는 것 같은 행동이었다. 소녀는 짜증스러운 한숨을 내쉰 뒤 눈을 감았다. 침묵 속에서 소녀도 침낭으로 들어가 눈을 감았다. 지금은 몇 시쯤일까. 하지만 소녀는 한 번도 움직이는 시계를 본 적이 없다. 소녀가 태어나던 해에 세상 모든 시계는 멈췄으니까. 시계도 시간도 이해할 수 없었다. 그럼에도 영화는 떠올릴 수 있었다. 하얀 눈이 가득 쌓인 숲속을 순찰하는 순찰자. 손에는 작은 도끼가 들려 있다. 그 도끼는 비록 작지만 순찰자에겐 그 무엇보다도 든든한 무기였다. 이 무기를 손에 꼭 쥐고 있다면 어디든 다녀올 수 있을 것만 같았다. 손에 닿는 도낏자루의 감촉을 상상하니 쓸쓸함이 조금 가셨다. 숲에는 종종 이름 모를 동물이 뛰어다녔고 순찰자는 가끔 그 풍경을 혼자 감상했다. 순찰을 마치면 집으로 돌아가야 했지만 그곳이라고 따뜻한 모닥불과 아늑한 사람이 있는 것은 아니었다. 소녀가 속삭였다.

— 내가 모투나였다면 떠났을 거야. 바다 멀리, 크고 크신 새가 고래를 찾아갔다던 그 바다로.

마침 눈보라가 백화점을 흔들고 멀리 달아나고 있었다. 그 진동을 느끼며 소녀는 잠이 들었다.

*

— 해가 뜨고 있어.

노인의 작은 목소리에 소녀는 눈을 떴다. 소녀는 누운 채로 몸을 노인을 향해 틀었다. 노인은 광고 속 아이를 바라보고 있었다. 해가 떴다는 말도 소녀에게 한 말이라기보단 아이에게 한 아침 인사 같았다. 노인은 소녀가 부스럭거리는 기척을 느끼고 고개를 돌렸다.

— 백화점 지하엔 음식을 파는 곳이 있었어. 한번 뒤져볼까?

— 지하는 여기보다 더 어두울 텐데. 그리고 음식이 남아 있겠어? 옛날에 약탈자 같은 놈이 다 훔쳐 갔거나 썩었겠지.

— 혹시 모르잖아. 약탈자 시체가 있으면 그거라

도 먹자.

— 방금 말은 제법 재밌었어.

— 재밌었으면 내가 하자는 대로 하자.

노인은 몸을 일으키며 빠르게 목도리를 칭칭 감아 얼굴을 가린 뒤 앞장섰다. 지하의 어둠 속에서 노인이 한 발자국도 움직이지 못한다면 소녀는 노인을 실컷 욕해주겠다고 생각했다. 소녀는 밤눈이 밝았지만 지하에 함부로 들어가본 적이 없었다. 소녀가 살고 있는 지하철역은 그나마 구석구석 햇빛이 들어오기에 살 수 있었다. 그러니 빛이 한 줄기도 들어오지 않는 진짜 지하는 소녀도 가본 적이 없었다. 노인은 느린 걸음이지만 앞으로 걸어 나가 계단 앞에 멈춰 섰다. 쇠로 만든 계단 앞에서 소녀는 움찔했다. 쇠로 만든 계단은 처음이었다. 지하철역에 있는 계단과는 달랐다. 노인이 품에서 무언가를 꺼냈을 때 소녀는 한 번 더 놀랐다. 그것은 초였다. 소녀의 손목만큼 두꺼운 긴 초. 초는 컵 안에 담겨 있었다. 아무리 깡마른 노인이라지만 품에 물건을 감추고 있었다는 점에 소녀는 긴장했다. 노인은 한 번 더 조심스러운 움직임으로 품에서 불을 꺼냈다. 소녀는 그것을 불이라고밖에 생각할 수 없었다. 불이 나오는 손가락만 한 기계. 말로만 듣던 라이터였다. 노인은 그런 소녀를 뒤돌아보지도 않았다.

— 초는 본 적 있지? 라이터는 처음일 테고. 이런 계단도 처음이겠구나. 이건… 자동으로 움직이는 계단이었어. 우리가 살던 역엔 이게 없었지.

— 초와 라이터는 어디서 난 거야?

— 아주 옛날부터 가지고 있던 것. 언젠가 쓸 날이 올 거라 생각하고 아껴두었지.

노인은 대화 중에도 천천히 계단 아래로 내려갔다.

— 만약 내가 당신을 죽이고 그것들을 훔치기라도 하면 어쩌려고?

— 그러려면 그러든가. 하지만 배고프지 않아? 목마르지 않아? 네가 백화점 안에서 혼자 무언가를 찾을 수 있겠어? 나를 데려다주기로 한 곳까진 아직 이틀은 더 걸어야 하잖아. 너도 굶으면서 가긴 싫겠지.

노인은 소녀가 얼마나 악랄하고 비겁한지 몰랐

다. 노인은 품에서 초와 라이터를 꺼냈지만, 소녀는 품에 감자 한 덩이를 계속 숨기고 있었다. 소녀의 마음 어딘가가 무거워졌다. 그걸 모르는 노인은 그저 지하의 황량한 모습을 보며 탄식할 뿐이었다.

— 정말 아무것도 안 남았구나. 백화점 지하로 향하는 계단을 내려오면 언제나 비싼 고기들이 있었지. 저 끝에는 그 못지않게 비싼 케이크와 빵 들이 쌓여 있었고 말이야.

— 그러니까… 지금은 그런 게 남아 있을 리가 없다고 했잖아. 배고픈데 음식 얘기는 하지 말아줄래? 무엇보다 난 케이크와 빵도 본 적이 없어.

— 깊은 곳으로 가서 조금 더 둘러보자. 내가 찾는 건 그런 것들이 아니야. 통조림이지.

— 통조림?

— 깡통 안에 들어 있는 음식이야. 통조림을 본 지도 정말 오래됐네. 세계가 멈춘 그날 이후로 통조림은 아주 귀해졌으니까.

— 비싼 고기나 케이크보다도 더?

— 그럼. 그런 것들은 금방 썩어 없어지지만 통조

림은 썩지 않거든. 깡통 속에 몇 년 동안이나 깨끗하게 들어 있으니까.

— 그래도 너무 옛날이잖아.

— 혹시 몰라서 그래. 혹시….

노인은 조금도 망설이지 않고 양초가 담긴 컵을 소녀에게 건넸다. 소녀가 물었다.

— 어떤 곳을 찾아보면 될까? 통조림이란 게 어디에 있지?

— 선반들. 거기 쌓여 있을 거야. 그날 이후 전깃불도 없었으니 지하 깊은 곳까지 많이 뒤지진 못했을 거야. 어딘가에 통조림 한두 개는 남아 있겠지.

— 그런데 통조림이란 건 어떻게 생겼지? 실제로 본 적이 있어야지.

— 역에서 쓰던 깡통들 대부분이 원래 통조림이었어. 너희가 컵으로 쓰는 거 있지, 딱 그 정도 크기 되는 깡통을 찾아봐. 부풀어 있는 건 안 돼. 속에 있는 음식이 썩었다는 뜻이니까.

— 아! '참치'나 '깻잎' 같은 글자가 적혀 있는 거 말이지?

— 맞았어. 용케 알고 있구나.

— 그래도 나 글자는 읽을 줄 알아.

소녀는 성큼성큼 지하 곳곳을 뒤졌다. 선반이라
고 불렸던 것들은 망가지고 부러져 있었다. 어둠 속
에서 초를 들고 마음껏 움직일 수 있다는 사실이 소
녀에게 작은 즐거움을 줬다. 그러다 노인에게서 너
무 멀리 떨어진 것 같다는 생각이 들어 소녀는 외
쳤다.

— 나, 당신만 두고 도망갈 생각 같은 건 없어. 나
도 통조림이 먹어보고 싶거든.

— 그래. 믿고 있어. 그런데 너는 내가 안 보이지
만 나는 네가 보여. 어두운 곳에서는 밝은 곳이 더
잘 보이거든.

— 쳇. 지켜보고 있다는 뜻이야?

— 아니. 난 너처럼 못된 마음이 아니거든. 그냥
그렇다는 뜻이야.

초가 손가락 한 마디 길이만큼 녹을 때까지 지하
를 뒤졌지만 허탕이었다. 어디에서도 통조림이라
부를 만한 것을 찾을 수 없었다. 소녀는 아쉬움을 참

지 못하고 발에 걸리는 무언가를 걷어찼다.

— 젠장! 아무것도 없잖아.

— 그럼 돌아가자. 초를 아껴야 해.

소녀가 걷어찬 무언가가 지하 어디론가 날아가 부딪치고 깨지는 소리가 들렸다. 두 사람은 다시 1층으로 돌아왔다. 백화점 안으로 햇살이 들어오고 있었다. 소녀는 초를 어떻게 끄는지 몰랐다. 노인이 다가와 초와 컵을 다시 들고 촛불에 입김을 훅 불었다.

— 이제 이건 너에게 선물로 줄게.

— 당신에게 중요한 물건 아니야?

— 이제 나보단 네가 불이 더 필요할 거 같아서.

소녀는 민망한 표정을 감추기 위해 밖을 바라보았다. 걷기 괜찮은 날씨였다. 떠나야 할 시간이었다. 소녀는 아쉬움을 감추지 못했다.

— 백화점이란 게 어디에나 많이 있는 거야?

— 큰 도시라면 몇 개씩 있지. 하지만 통조림은 백화점이 아니라도 어느 가게에서나 쉽게 찾을 수 있었어.

소녀와 노인은 다시 짐을 챙겨 썰매에 실었다. 이틀 사이 노인도 이 일에 익숙해졌다. 노인의 깡마른 손목이 소녀의 눈에 들어왔다. 소녀는 썰매에서 남은 감자를 꺼냈다. 어제 남겨둔 감자 반 덩이. 그것을 다시 꺼내 어제처럼 둘로 쪼갠 뒤 한쪽을 노인에게 건넸다.

— 이게 진짜 마지막 감자야. 아껴 먹는 게 좋겠어. 당신에겐 불보다 감자가 더 필요할 거 같네.

— 친절하네.

소녀는 재빨리 고개를 돌렸다. 노인은 감자를 한입 먹고 나머지를 주머니 깊숙이 넣었다. 소녀도 감자를 한입 베어 물었지만 반쯤 얼음이 된 감자는 어제보다도 맛이 없었다. 다시 소녀는 썰매를 끌고 노인은 썰매를 붙들고 걷기 시작했다. 소녀는 걸으면서 또 한 번 영화에 대해 생각했다. 모투나는 배가 고프진 않았을까. 그 숲에도 감자가 있을까. 약탈자가 버린 썩은 사슴고기는 먹을 수 없는 걸까. 모투나도 사실 초와 라이터를 가지고 있는 건 아닐까.

★

두 사람은 아무 말 없이 한참 걸었고 잠시 쉬었다
가 또 한참을 걸었다. 이따금 소녀는 고개를 돌려 노
인을 확인했다. 노인의 얼굴은 목도리와 헝겊으로
싸여 여전히 조금도 보이지 않았다. 그 안에서 눈빛
만이 흐릿하게 반짝였다. 노인의 눈동자는 탁한 회
색이었다. 소녀는 지하철역에서 늙고 죽어가는 사
람들을 떠올렸다. 눈이 멀고 귀가 멀고 헛소리를 하
다가 죽어버리는 사람들. 다시 또 얼마쯤 걸었을 때
노인의 목소리가 들렸다. 바람도 불지 않는 날씨였
지만 노인의 목소리는 너무나 연약했기에 소녀는
썰매를 멈추고 뒤돌아볼 수밖에 없었다. 노인이 손
을 뻗어 낮은 건물을 가리키고 있었다. 소녀가 노인
바로 앞까지 다가갔을 때, 그제서야 노인의 목소리

가 들렸다.

— 도서관, 도서관이 있어.

도서관은 겉보기와는 달리 아늑했다. 성한 가구와 창문은 없었지만 특유의 고요한 분위기를 풍기고 있었다. 백화점과는 달리 창이 많아 오늘 하루의 마지막 햇살이 가득 들어오는 중이었다. 백화점보다 작고 낮은 층고와 계단이 먼저 눈에 들어왔다. 소녀가 노인에게 물었다.

— 여긴 어떤 곳이었지? 여기도 유명한 사람이 와서 묵어 가곤 했어?

소녀의 말에 노인은 짧은 웃음을 터뜨렸다.

— 아니, 여긴 그런 곳이 아니야. 벽마다 가득한 책을 누구나 공짜로 볼 수 있는 곳이었지. 가난한 사람도, 돈 많은 사람도, 노인도, 어린아이도….

— 도서관은 호텔이나 백화점보다 좋은 게 아니었나 보군.

— 아니. 정반대야. 그것들보다 훨씬… 아름다웠지.

— 책이란 물건은 몇 개밖에 본 적이 없어. 나도

그 시대에 살았다면….

— 그런 말로 싸우지 말자. 나도 알아. 네가 지금 지치고 화난다는 걸. 하지만 일단 안으로 좀 들어가 보는 게 어때?

— 싸우려고 한 말 아니야. 나도 그 시대에 살았다면 책을 봤을까, 하는 거지.

소녀의 말에 노인은 대답하지 못했다. 소녀는 배고픔을 노인에게 들키지 않으려 썰매를 힘주어 끌었으나 배에서 나는 꼬르륵 소리가 도서관 전체에 울리고 말았다. 소녀는 짧게 욕을 뱉은 다음 노인에게 물었다.

— 여긴 통조림이 없겠지. 아니면 다른 먹을 거라도 말이야.

— 그래. 없을 거야. 옛날 사람들은 책을 마음의 양식이라 부르곤 했는데 참 아름다운 말이었구나. 실제로 먹을 수 있다는 뜻은 아니고.

— 흐음. 저기 방이 있네. 열람실?

— 정말 글자를 읽을 줄 아는구나. 책이 있는 곳이지. 저기서 책을 보곤 했어.

노인이 앞장서서 열람실 안으로 들어서자 소녀는 그 뒤를 따라 들어갔다. 부서진 컴퓨터 따위가 바닥에 떨어져 있을 뿐 아무것도 없었다. 노인이 탄식했다.

— 책꽂이도 옛날에 누군가가 다 훔쳐 갔겠지. 나무로 만들었으니 땔감으로 벌써 써버렸을 거야. 책이라도 남아 있으면 재밌을 텐데. 그것도 결국엔 불에 태워 하룻밤 온기를 만드는 데 다 쓰고 말았을 거고.

— 당신은 들어가는 건물마다 추억을 가지고 있군. 어제 백화점에선 영화 이야기를 하더니 오늘은 도서관에서 있었던 추억이라도 들려주려고? 비꼬는 말 아니야.

— 그 아이도 책을 좋아하는 아이였어.

— 모투나 말이야? 모투나에 대해서 정말 잘 아네.

— 그 아이를 이젠 모투나라고 부르는구나.

— 난 그 아이가 모투나라는 것밖에는 모르니까. 아무튼 당신말고 전 세계 사람들이 모투나에 대해서 그렇게 잘 알고 있었어?

— 그럼 사랑을 많이 받은 아이니까. 쓸쓸해지니까 그 얘긴 하지 말자. 해가 떨어지기 전에 이곳을 좀 뒤져보자.

— 많이 사랑했다면서 모투나가 나온 영화는 아무도 안 봐줬나 보네. 알았어. 허튼소리 안 하고 뭐든 찾아보기나 할게. 그런데 여긴 책이나 있던 곳이라며. 통조림은커녕 감자도 없을 것 같은데.

소녀가 무어라 투덜거렸지만, 노인의 귀에는 들리지 않았다. 노인은 엉망이 된 열람실을 구석구석 둘러보기 시작했다. 한참을 둘러보아도 쓸 만한 물건이 없자 소녀는 한구석에 털썩 주저앉아 벽을 살폈다. 몇몇 곳에 금이 갔지만 철근이 보일 정도는 아니었다. **오늘 밤 무너지진 않겠지.** 소녀가 짧게 탄식할 때 노인이 소리쳤다.

— 여길 좀 치워줘. 여기 쓰러진 책장 밑에 무언가가 깔려 있어.

— 정말 귀찮게 말이야. 남아 있어 봤자 쓸데없는 물건이겠지!

소녀가 녹슬다 못해 바스러지기 직전인 철제 가

구를 옆으로 치웠다. 그 밑에는 빨간색 책이 한 권 구겨져 있었다. 노인이 감탄했다.

— 책이 남아 있어.

노인은 몸을 웅크려 표지에 묻은 먼지를 털어냈다. 노인의 옅은 웃음소리가 들렸다. 노인은 빨간색 책을 소녀 앞에 보이며 물었다.

— 이 글자를 읽을 수 있겠어? 열람실도 읽었으니 이것도 읽을 줄 알겠지.

— 젠장. 날 놀리지 말라고 했지! 음… 국…어. 사전. 국어사전!

— 맞았어. 달랑 하나 남은 책이 국어사전이라니 재밌네.

노인은 국어사전을 소녀에게 내밀었다.

— 재밌을 거야. 모든 단어의 뜻이 담긴 책이니까.

너무나도 당연한 일인 듯 노인이 국어사전을 내밀었기에 소녀는 받아 들 수밖에 없었다. 난생처음 받아보는 책 선물이 이따위 낡은 사전이라니. 한숨이 나왔다. 받아 든 사전을 살짝 펼쳐보자 실망감은 더욱 커졌다. 얇은 종이 대부분은 누렇게 변색되었고 펼치는 순간 여러 장이 바스러져 버렸다. 소녀는 거칠게 기침했다. 도서관 안이 어두워졌다. 또 밤이 왔다. 노인은 어느새 침낭을 바닥에 펼치고 그 안으로 들어가고 있었다. 소녀는 아침에 남긴 감자를 마저 먹었다. 노인도 남은 감자를 천천히 씹고 있었다. 소녀는 사전을 끌어안고 침낭 안에 몸을 뉘었다. 도서관 안이 어두워졌다. 두 사람 사이에 침묵이 흘렀다. 노인은 침낭 안에서 옅은 숨을 내쉬고 있었다. 소녀는 배가 고파서 몸을 뒤척였다. 이렇게까지 배고픈 적이 없었다. 잠들기엔 이른 시간이었다. 노인이 입을 열었다.

— 영화 이야기나 계속할까?

— 난 영화를 이해 못 하겠어. 움직이는 장면이라는 걸 본 적이 없잖아. 잘 와닿지 않아. 그리고 단 한 장면인데 당신의 설명은 굉장히 구체적이고… 섬세해.

— 영화는 그럴 수밖에 없어. 단 한 장면에도 많은 걸 담고 있거든. 예를 들면 모투나가 신고 있는 가죽 장화는 굉장히 낡았어. 본래 갈색이었을 텐데 거의

54

흰색이 됐을 정도로 낡았지. 그런 장면을 보여주는 것만으로도 관객은 알 수 있는 거야. 이 아이가 얼마나 오랫동안 이 일을 했고 얼마나 지쳤는지 말이야.

— 여전히 어려운걸.

— 네 모습을 영화 속 장면이라고 생각해봐. 넌 한쪽 렌즈가 깨진 쌍안경을 항상 목에 걸고 있지. 어디서 났는지, 왜 한쪽 렌즈만 남았는지 나는 몰라. 거기에 귀찮은 노인도 한 명 데리고 어디론가 계속 가고 있어. 이 장면 하나만으로도 네가 얼마나 지쳤는지 알 수 있잖아. 정체도 모르는 신비한 돌멩이 하나가 뭐가 귀하다고 바닷가까지 가지고 가는 모투나의 신세랑 비슷하지 않아?

— 그렇게 들으니까, 이해될 것 같지만 살짝 짜증이 나려고 하네. 내가 모투나고 당신이 돌멩이라고 생각하니 말이야.

— 널 예로 들어서 미안해. 그럼 영화 이야기를 하지 말까?

— 아니야. 짜증 난다는 표현이 적당하지 않았어. 슬프다고 할까?

— 슬프다고?

— 모투나가 불쌍해 보인다고 하면, 이상해? 영화를 보는 사람은 영화 속 사람을 불쌍해하곤 했어?

— 그럼. 그런 감정을 느끼려고 영화를 보니까.

— 이상하군.

— 이야기는 내가 잊고 있던 감정, 다시 느끼고 싶은 감정을 발견하게 하니까.

— 어려운 말은 모르겠고 솔직히 모투나 이야기는 궁금해. 그럼 이렇게 하자.

— 어떻게?

— 모투나가 나온 영화는 영화가 아닌 거야. 진짜로 있었던 일인 거지. 당신은 그 진짜로 있었던 일을… 아주 잘 알고 있는 사람이야. 마치 모투나가 당신인 것처럼 말이야. 그러니 어떤 장면이 펼쳐진다느니 하는 말은 이제 그만둬. 그냥 있었던 이야기처럼 들려줘. 냄새든 생각이든 당신이 느낀 바를 다 얘기해줘. 난 모투나 이야기가 궁금해. 영화가 궁금한 게 아니야.

— 무슨 말인지 알겠어. 좋아. 이제 정말 진짜 모

투나 이야기를 들려줄게. 내가 만난 모투나를 소개하듯 들려줄게. 모투나는 열일곱 살 난 순찰자야. 외계 행성 무사이에 살고 있는 용감한 아이지. 부족은 헤르보렛사라는 깊은 산에 살고 있어. 그래서 부족 이름도 헤르보렛사야. 그 이름 따윈 중요하지 않으니 잊어도 좋아. 그들이 언제부터 여기에 정착했는지는 아무도 몰라. 그저 크고 크신 새의 후손이라는 전설만이 내려올 뿐이었어. 크고 크신 새의 전설은 어제 들려줬던 그 얘기 기억하지? 그들은 자신들이 크고 크신 새의 후손이기에 이 산을 지키면서 살고 있다고 믿어. 산꼭대기는 항상 눈이 쌓여 있고 산맥은 울퉁불퉁하면서 뾰족해. 그 뾰족한 산맥을 따라서 부족의 움막들이 줄지어 마을을 이루고 있었지. 신비로운 사실은 그 마을 한가운데에 탑이 있었다는 거야. 다들 그 탑을 '크고 크신 새의 부리'라고 불렀지. 말이 탑이지 정말 큰 새의 부리를 박아둔 것처럼 생겼거든. 부족은 그곳에 살면서 자신들의 삶에 만족하고 있었어. 왜냐하면 신비롭게도 그 새의 부리 꼭대기에선 주기적으로 돌멩이가 굴러떨어졌거든. 모투나와 부족은 눈치채지 못했지만 그 주기는 우리 지구의 시간으로 따지면 일주일이었어. 그러니 일주일마다 돌멩이는 마치 상아탑에서 솟아오른 것처럼 꼭대기에 갑자기 나타나서 바닥으로 데구르르 굴러떨어진 셈이야. 그 돌은 사실 금도 아니고 다이아몬드 같은 보석도 아니야. 아— 실제로 옛날 지구인들도 그렇게 귀한 돌을 좋아했었어. 아무튼 그 돌은 그저 하얀 돌멩이였어. 아주 매끈하다는 점 외엔 보잘것 없는 평범한 돌멩이. 크기는 모투나가 한 손으로 꽉 쥘 수 있을 정도였고. 참으로 감사한 사실은 산 아래 바닷가에 사는 사람은 이 돌멩이를 좋아했다는 거지. 산 아래로 하루 정도 내려가면 바로 바다를 만날 수 있었어. 그 바다에 사는 사람에게 이 매끈한 돌멩이를 건네면 그들은 산에서는 구할 수 없는 물고기를 주곤 했어. 언제부터인지 몰라도 부족은 그렇게 살아왔어. 항상 누군가 한 명이 돌멩이를 배달하고 물고기를 받아왔지. 그게 바로 모투나의 임무였어. 헤르보렛사는 이상한 부족이었어. 모투나 외엔 그 누구도 산 아래로 내려갈 수 없었거든. 부족장인 포스틴이 말했어. 우리가 할 일은 그저 이 헤르보렛사에서 헤르보렛사 부족으로 겨울을 견디는 거야. 선택받은 순찰자인 모투나 외엔 그 누구도 산 밑으로 내려가서는 안 돼. 언젠가 크고 크신 새가 우리를 산 밑으로 인도할 때까지는 말이야. 그 전에 바다를 찾아 산 아래로 내려가면 약탈자가 우리 모두를 멸망시킬 거야. 모든 부족원은 그 말을 믿었지만 모투나만이 의문을 가지고 있었어. 산 아래로 내려가는 길에 마주치는 약탈자들은 너무나도 볼품없었거든. 괴물이라고 불렸지만 싸워볼 만한 존재였어. 그리고 산 아래에는 훨씬 평화롭고 풍요로운 땅이 있었어. 농사를 짓고 있었고 물고기를 잡을 수도 있었지. 그깟 돌멩이를 물고기 몇 마리와 교환하기보다 여기에 내려와서 사는 편이 훨씬 행복할 거라고 생각했어. 하지만 모투나는 그 생각을 포스틴이나 부족에게 말한 적이 없었어. 왜냐하면 모투나는…

― 지금은 몇 시쯤일까? 당신은 옛날에 시계가 움직이던 시절을 살아봤잖아. 지금은 몇 시쯤이야?

― 글쎄. 못해도 자정은 넘겼을 거야. 밤 열두 시

말이야. 이제 다음 날이 된 거지.

　— 이야기가 궁금하지만 이젠 졸려서 못 참겠어. 내일이면 당신을 데려다줄 목적지에 도착할 수 있을 것 같아. 그때까지는….

　— 그래, 그때까진 이야기를 들려줄게. 그만 자자.

　노인이 말을 끝내기도 전에 소녀의 눈은 무겁게 감겼다. 도서관 바닥에서 올라오는 냉기가 차가웠지만 소녀는 품에 안은 사전 덕분에 마음이 나쁘지 않았다.

노인이 거친 기침을 했다. 눈을 뜨자 지독한 갈증이 몰려왔다. 고개를 들자 먼저 깨어 있던 소녀가 고개를 끄덕였다. 소녀는 쪼그려 앉아 사전을 뒤적이고 있었다.

— 사전이란 건 참 웃긴 책이야. 단어에 대한 뜻만 써놓았는데 마치 이야기가 있는 것 같군.

소녀의 목소리가 모처럼 차분했다.

— 그걸 읽고 있었어?

— 먼저 일어났는데 할 일도 없어서…. 바스라지고 찢어진 장이 많지만 그래도 볼 만해. 글자가 너무 많아서 머리가 아플 지경이지만 말이야.

소녀의 눈빛이 새벽 햇살에 살짝 반짝였다. 노인

은 밖으로 펼쳐진 풍경에 짧은 탄식을 내뱉었다. 회색 눈이 세차게 내리고 있었다. 그런 노인을 보고 소녀도 한숨을 내쉬었다.

— 눈이 너무 많이 내린다. 목이 말라서 저거라도 먹고 싶을 지경이야.

— 아니. 아무리 그래도 회색 눈은 안 먹는 게 좋지.

— 항상 회색 눈이라고 하더라. 다른 색 눈도 있어?

— 눈은 원래 흰색이었어.

— 맞아. 들어봤어. 그땐 눈을 먹어도 괜찮았어?

— 먹어도 나쁘지 않았던 것 같아.

— 그렇구나. 그런데 당신… 그 얼굴을 칭칭 감싼 헝겊과 목도리 좀 벗지? 계속 기침하는데 숨이라도 제대로 쉬어야지.

— 다른 건 몰라도 이건 신경 쓰지 마. 언제 출발할 거야?

— 남은 감자를 마저 먹고 가자. 오늘 안 먹으면 이제 상해버릴 거야.

— 이제 식량은 없는 거지?

— 없어. 어디서 줍는다면 몰라도.

노인은 품 안에 남은 한입 가량 되는 감자를 꺼내 씹기 시작했다. 목도리를 잠깐 내려 감자를 베어 문 뒤 다시 목도리를 올리기를 반복하면서 노인은 감자를 먹고 있었다. 소녀가 물었다.

— 내 감자도 줄까?

— 갑자기 웬 친절이지?

— 이야기 들려주는 값이랄까?

— 괜찮아. 썰매를 끌어야 하잖아. 너도 먹어야지. 혹시 알아? 가다가 통조림이라도 주울지.

— 운이 좋다면 죽은 동물을 발견할 수도 있어.

— 순찰하는 동안 죽은 동물을 본 적도 있어?

— 이건 우리 지하철역엔 비밀인데… 종종 있어. 얼어 죽은 새나 굶어 죽는 늑대를 종종 발견한 적이 있어.

— 흐음. 그래서 내가 굶주린 늑대한테 물려 죽었다고 할 생각이었구나.

— 지금은 아니야.

— 왜 아니야?

― 묻지 마.

― 그럼, 이건 대답해줘. 죽은 동물을 발견하면 어떻게 했어?

― 당연히 먹었지. 역에선 고기 구경하기가 힘들잖아. 얼어붙은 생고기지만 먹을 만해.

― 그래도 순찰하는 보람이 있었군.

― 맞아. 그게 유일한 즐거움이지.

― 이제, 네 얘기도 해봐.

― 무슨 얘기?

― 그렇게 도시를 여러 번이나 횡단하면서 지도를 만들었잖아. 그러면서 만난 것들이라든가, 떠올린 생각 따위 말이야.

소녀는 사전을 소리 나게 닫고는 몸을 일으켰다.

― 그만 출발할 시간이야.


가득 쌓인 회색 눈은 푸석푸석한 모래를 밟는 느낌에 가까웠다. 노인에겐 그랬지만 소녀는 아무렇지도 않았다. 소녀는 종종 고개를 돌려 노인을 확인하며 앞으로 나아갔다. 낯선 길이었지만 소녀는 기억력이 좋았다. 지하철역에서 전해 들은 길을 아직 기억하고 있었다. 꼭대기에 안테나가 있는 건물까지 갈 것. 그 건물 근처에 노인을 데려다줄 지하철역이 있다고 했다. 소녀는 한때 고가도로라고 불렸던 곳으로 썰매를 끌고 오르기 시작했다. 고가도로에 올라 쌍안경으로 남은 길을 확인할 생각이었다. 쿵 하는 소음이 등 뒤에서 들렸다. 노인이 미끄러져 바닥에 고꾸라져 있었다. 소녀는 천천히 곁으로 다가갔다.

— 괜찮아?

— 갈 수 있어.

— 썰매에 타.

— 오늘따라 왜 이렇게 친절한 거야?

— 젠장. 이야기 값이라고 생각하라고 했잖아. 그리고 차라리 당신이 썰매에 타야 내 마음이 편할 것 같아서 그래.

소녀는 노인을 들다시피 껴안아 썰매 위에 앉혔다. 노인은 굳이 반항하지 않았다. 썰매에 실린 노인은 평소보다 훨씬 작아 보였다. 소녀는 어깨에 걸친 가방끈을 두 손으로 힘껏 잡았다. 거기에는 썰매에서 뻗어 나온 밧줄이 묶여 있었다. 그리고 한 걸음 한 걸음 내디디며 고가도로를 오르기 시작했다. 노인이 말했다.

— 내 목소리가 들려?

— 바로 등 뒤에 있어서 잘 들려.

— 그럼… 이야기를 해줄까?

— 모투나 이야기?

— 그래. 썰매 태워준 값이야.

소녀가 웃음을 터뜨렸다.

— 좋아. 재밌게 들려줘야 해. 재미없으면 버리고 갈 테니까.

★

　— 모투나와 부족에 대해 이야기하다 말았지? 그
걸 조금 더 들려줄게. 모투나는 헤르보렛사와 족장
포스틴에게 의문을 가지고 있었어. 순찰자인 모투
나와 족장 포스틴, 그리고 부족 모두는 나이가 똑같
았어. 말이 부족이지, 열 명 남짓한 아이들이 모여
사는 작은 공동체였어. 더 나이 든 어른도, 더 어린
아이도 없었어. 모두가 어느 순간부터 기억을 잃었
거든. 어른들이 어디로 사라졌는지, 왜 자기들만 그
곳에 남겨졌는지 아무도 기억하지 못했지. 그럼에
도 살아가는 방법을 모두 알고 있었어. 누구는 농사
를 지으면서 감자와 돼지를 키웠고 손재주가 좋은
아이는 울타리부터 모투나가 쓰는 손도끼까지 만들
었지. 그뿐인가? 크고 크신 새의 전설도 다 알았어.

그러니 다들 가슴속엔 물음이 있었지. 우린 왜 기억을 잃은 것일까. 우리의 이야기는 어디로 사라진 것일까. 하지만 모투나에겐 한 가지 의문이 더 있었어. 다 같이 산을 내려가면 더 편하게 살 수 있을 텐데 왜 아무도 그 생각은 못 하는 걸까? 모투나는 그런 생각을 포스틴에게도 이야기했어. 포스틴은… 모투나에겐 가족이자 친구이고 연인이자… 뭐랄까. 좀 복잡한 감정을 나누는 사이야. 아무튼 모투나는 포스틴에게만 마음을 열고 속내를 얘기했어. 모투나가 포스틴에게 말했어.

포스틴, 헤르보렛사 아래엔 바다가 펼쳐져 있어. 가까이 가서 보면 이 꼭대기에서 보는 것보다 훨씬 아름답지. 저 아래에 사는 부족들은 훨씬 자유로워 보여. 우리와 같은 옷을 입고 똑같이 생겼지만 표정이 다르다니까. 그들은 바다에서 마음껏 헤엄치고 물고기도 얼마든지 잡을 수 있어. 항상 맑은 물이 흐르는 강도 있다고. 우리처럼 굶지 않아도 되는 곳이야. 우리처럼 목마르지 않아도 되는 곳이야. 그곳에 내려가자. 물론 나도 알지. 우리 부족의 금기라는 걸 나도 알아. 족장 포스틴은 허

락하지 않겠지. 하지만 포스틴은 지쳤어. 포스틴은 이 작은 부족 족장으로 사는 삶에 지쳤어. 난 알아, 족장 포스틴이 내 친구 포스틴의 슬픔을 막고 있다는 걸. 난 몰래 도망갈 준비를 하고 있었어. 포스틴 너와 함께 도망가려고 준비해뒀어. 산맥 아래에 키 큰 나무들이 줄지어 있는 곳이 있어. 얼어붙은 붉은 낙엽들이 가득한 곳이지. 그 낙엽을 따라가면 보라색 꽃이 핀 곳이 나와. 사실 거기 작은 동굴이 숨겨져 있거든. 내가 나뭇가지들로 동굴 입구를 막아뒀어. 그 안에 식량과 물을 감춰뒀지. 내 걸음으로는 헤르보렛사를 내려가는 데 하루면 충분하지만 너와 함께 간다면 이틀도 부족할지 몰라. 그래서 잠시 쉬어 갈 곳을 만들어둔 거야. 우리 도망가자, 포스틴. 춥고 괴로운 우리 고향을 떠나서 산 아래 따스한 곳으로 가는 거야. 거긴 밀밭도 있으니까, 네가 좋아하는 빵을 직접 만들 수 있어. 너도 알다시피 빵은 밀가루로 만들잖아.

　— 빵이 그 감자보다 훨씬 보드랍고 달콤한 그거 맞지?

　— 맞아. 밀을 빻은 가루를 물과 우유로 반죽해서

만들지. 모투나는 약탈자들을 해치운 뒤 그 동굴에 들렀어. 내가 처음 말했던 그 장면 바로 직후였지. 모투나는 동굴 입구를 감춘 나뭇가지를 치운 뒤 그 안으로 들어갔어. 말이 동굴이지 작은 굴에 가까웠어. 모투나와 포스틴이 겨우 쪼그려 하룻밤 잠을 청할 수 있을 넓이였거든. 그래도 그 안엔 소금에 절여 말린 생선과 맑은 물이 든 유리병도 있었어. 겨우 하룻밤 식량이었지만 모투나가 몇 달에 걸쳐 몰래 준비해둔 것들이었지. 모투나는 이제 결심했어. 다음 번 순찰 때는 몰래 포스틴을 데리고 나오기로 말이야. 이번엔 돌멩이를 물고기로 교환하지 않을 거야. 돌멩이를 주고 돈이란 것을 받을 생각이었지. 바닷가 부족들은 돈으로 무언가를 사고팔았으니까. 오랜 순찰을 통해서 모투나는 돌멩이 하나로 돈을 얼마큼 받을 수 있는지 대충 알게 되었어. 그 돈으로 배를 타고 조금 더 먼 곳으로 떠나기로 계획해뒀어. 부족의 다른 멍청이들이 찾아오지 못할 곳으로 말이지. 하지만 포스틴의 말이 계속 마음에 남았어. 모투나가 애원해도 포스틴은 고개를 저었거든. **모투**

나. 나 역시 우리 부족의 삶에 의문이 들어. 하지만 부족 모두를 두고 떠날 순 없어. 너만이 산 아래로 내려갈 수 있는 건 무슨 이유가 있을지도 몰라. 저기 저 부리에서 떨어지는 돌멩이의 정체도 우리는 모르잖아. 세상엔 결국 우리가 이해하지 못할 일도 있는 거야. 포스틴은 마치 누가 엿듣기라도 하는 듯 속삭였어. 자기 마음과는 정반대인 말에 모투나는 화가 났지만 한 켠에 숨겼어. 포스틴의 심성을 생각할 때, 이 이상 더 강요한다면 족장으로서 화를 낼 것 같았거든. 모투나는 조금 오래 걸리더라도 천천히 설득하기로 했어. 모투나는 이제 다시 동굴 입구를 나뭇가지들로 감춘 뒤 움직이기 시작했어. 해가 떨어지며 추워지고 있었으니까. 바람이 불어 왔어. 마치 모투나를 재촉하듯이.

— 우리 앞에도 바람이 세게 불어. 꽉 잡아.

— 바람을 가르며 모투나는 한 걸음 한 걸음 걸었어. 부족에게 돌아가기 위해. 아니, 포스틴에게 돌아가기 위해서가 더 맞는 말이겠지. 그때 눈앞에 짐승이 한 마리 나타났어. 모투나는 그 짐승을 회색 늑대

71

라고 불렀어. 머리가 두 개, 다리가 세 개 달린 늑대였어. 앞다리가 하나뿐이었지. 모투나는 모든 늑대가 그렇게 생긴 줄 알았어. 하지만 회색 늑대가 돌연변이라는 사실은 나중에야 알았어. 그래서 무리에서 쫓겨났다는 것도. 아무튼 회색 늑대는 썩은 사슴 시체를 질질 끌고 가고 있었어. 바로 조금 전에 해치운 약탈자들이 들고 있던 사슴이었어. 원래 늑대는 썩은 고기를 잘 먹지 않아. 방금 막 사냥한 고기, 조금 전까지 심장이 뜨겁게 뛰고 있던 고기만을 먹는 짐승이었지. 하지만 이 녀석은 함께 사냥할 무리가 없으니까 항상 굶주렸고, 그래서 닥치는 대로 배를 채워야 했어.

회색 늑대의 두 머리는 정말 털 무늬까지 똑같이 생겼어. 그런데 앞다리는 하나뿐이라고 했잖아? 그래서 자주 넘어졌던 게 틀림없어. 턱에 긁힌 상처와 피딱지가 가득했거든. 회색 늑대의 두 머리에 박힌 눈 네 개가 모투나를 노려보았어. 늑대의 탁하고 섬뜩한 눈빛은 경고하는 듯했어. **헤르보렛사의 순찰자여. 그대가 가려고 하는 길은 멀고 거칠다. 사랑하는**

이와 함께 가려 하면 더욱 먼 길이지. 차라리 홀로 걸어가라. 그대에 대해 함부로 말하는 이들, 그대를 누구보다 아끼는 이들, 그 모두를 멀리하고 홀로 산을 내려가라. 모투나의 귀에 늑대의 음성이 들렸어. 모투나는 늑대를 노려보며 조금도 움직이지 않았어. 몇 번이나 마주치는 동안 늑대가 모투나에게 살기를 뿜은 적은 단 한 번도 없었어. 하지만 모투나는 알고 있었어. 이 녀석이 맹수라는 사실을. 어설프게 적대하는 순간 늑대는 날카로운 송곳니를 모투나의 목에 박아 넣을 거란 사실을. 그래서 모투나는 늑대를 만날 때마다 조금도 움직이지 않고 그저 가만히 지켜보았어. 그럼 이 짐승도 이내 제 갈 길을 가니까. 과연 늑대는 사슴 시체를 문 채 숲속으로 달려 들어갔어. 모투나는 동굴 앞에서 늑대를 마주치고 그 음성을 들은 것이 불안했어. 산으로 올라가면 즉시 포스틴을 붙잡고 내려가야겠다고 생각했지. 회색 늑대가 길을 가로막고 있는 듯한 기분에 등줄기가 오싹했어.

― 잠깐만. 조금 미끄러운 구간이야. 썰매를 천천히 당길게. 꽉 잡고 있어. 나라면 포스틴을 당장 구할 거야.

― …….

― 와아. 저기 좀 봐. 당신도 저런 풍경을 본 적 있어? 난 살면서 이렇게 높은 곳까지 올라와본 적이 없어. 이 고가도로도 멀리서만 봤지 직접 올라오게 될 줄이야.

― 미안하지만 나 같은 노인들은 저 고층 빌딩들이 멀쩡한 시대를 살았잖아.

― 질문이 틀렸네. 그럼… 세상이 이렇게 되고 난 후로 이렇게 높이 올라와본 적은?

― 그건 처음 같네. 매일 지하철역 안에서만 살았으니.

― 다시 썰매를 밀게. 조금 더 가면 먼 풍경이 잘 보일 것 같아. 저기쯤 가서 쌍안경으로 안테나가 있는 건물을 찾아볼게.

― 아마 방송국이겠네. 커다란 안테나가 있다니.

― 그런데… 안테나는 어떻게 생긴 거야? 그걸 묻

지 않고 왔네.

— 으음. 건물 옥상에 커다란 접시와 커다란 북이 있다고 생각해봐. 직접 보면 알 거야.

— 접시와 북이라. 웃기게 생겼군. 그게 뭘 하는데?

— 으음. 소리와 화면을 멀리 전달해주는 기계야.

— 그럼 영화도 그걸 통해서 멀리까지 보냈겠네.

— 그렇지. 자세한 원리는 나도 잘 몰라.

— 아주 큰 목소리로 외쳤나 보지. 이렇게 말이야. 야호!

소녀가 야호 외치자 소리는 멀리 퍼지다가 다시 울려 돌아왔다. 저편에서 소녀와 똑같은 목소리로 야호 하자 노인은 작게 웃었다.

— 넌 그런 기계 없이도 온 세상 사람이 다 들을 정도로 목소리가 크네.

— 그런데 말이야. 모투나는 어떻게 생겼어?

— 응? 보라색 피부를 가진 외계인이라고 했잖아. 머리카락은 붉고.

— 아니, 그런 거말고 진짜 생김새 말이야. 안테나도 생김새를 말해주니까 조금은 떠올릴 수 있었

거든.

— 그럼 어느 모투나를 말하는 거야? 진짜 모투나야, 아니면 영화 속 모투나야?

— 당연히 영화 속 모투나지. 얼굴을 보라색으로 칠한 거지? 그래도 그 아이는 실제 모투나와 닮았어?

— 그럼.

— 조금 전에 회색 늑대에 대해 자세히 말했잖아. 회색 털에 다리는 세 개라고. 목소리도 들리는 듯했어. 모투나에 대해서도 그렇게 자세히 들려줘. 이왕이면 포스틴에 대해서도 말이야.

— 너 예상 외로 내 이야기를 재밌게 듣고 있었구나.

— 솔직히 말해서 당신이 조금씩 덜 미워지고 있어.

— 웃긴 일이네. 그런데 당연한 일이기도 해.

— 뭐가?

— 사람들은 같은 이야기를 듣는 걸 좋아했어. 사랑하는 사이에는 같은 영화를 보고 같은 책을 읽었

지. 그리고 보고 읽은 이야기에 대해 이야기를 나눴어.

— 왜?

— 이야기는 사람 사이 틈을 채워주니까.

— 왜지? 왜 이야기가 사람 사이 틈을 채워주는 거야?

— 으음. 이야기는 일종의 꿈이니까. 깨어 있는 동안 함께하더라도 잠든 후 꿈속에선 함께할 수 없잖아? 그런데 이야기는 꿈이니까, 같은 이야기를 듣고 보면 같은 꿈을 꾸는 것과 마찬가지야. 같은 이야기를 나눈다는 건 그렇게 조금 더 은밀한 사이가 되는 행위였어.

— …….

— 무슨 말인지 좀 알겠어?

— 됐고, 이야기나 계속해줘. 꿈은 모르겠고 난 그저 추위와 배고픔과 지루함을 견디고 싶을 뿐이야. 모투나의 생김새를 들려줘. 꾸며내도 좋으니까.

— 좋아. 모투나의 피부는 옅은 보라색이었어. 그래서 햇살이 강할 땐 반투명한 푸른색처럼 보이기

도 했어. 짐승의 피를 쏟은 듯 새빨간 머리카락은 사냥칼로 마구 잘라서 한쪽은 길고 한쪽은 짧고 엉망진창이었어. 어렸을 때부터 사냥과 무기를 좋아해서 손과 몸에 생채기가 많아. 화살을 쏘다가 활시위가 터져서 볼이 베인 적도 있지. 볼을 가르지르는 가늘고 연한 흉터는 그때 생긴 거야. 눈동자는 옅은 갈색이었는데 거친 바람을 많이 맞아서 종종 붉게 충혈되기도 했어.

— 이제 정말 더욱 그럴싸해.

— 회색 늑대가 물러나자 모투나는 불쾌함을 떨쳐내려는 듯이 침을 한 번 더 뱉고 허공에 도끼를 마구 휘둘렀어. 다시 산을 오를 시간이었어. 모투나는 날쌘 걸음으로 산을 겅중겅중 올라갔어. 빠른 걸음으로 달릴 때마다 숨이 턱까지 차올랐고 시시한 걱정과 불안은 사라졌어. 모투나는 사실 부족의 존재에 딱히 의문을 가지진 않았어. 어차피 이 산에 사는 모든 생명체가 어디에서 왔는지, 이 세상의 시작이 어디인지도 모르잖아. 그러니 왜 부족이 전부 기억을 잃었는지도 중요하지 않았어. 모투나가 항상

고민하는 건 오로지 포스틴뿐이었어. 순찰을 마치고 돌아가면 항상 포스틴이 제일 앞에 나와 맞이해 줬어. **돌아왔구나. 새의 아이야.** 포스틴은 두 팔을 벌렸고 모투나는 그 안으로 파고들었어. 산 아래로 내려오지는 못해도 포스틴과 모투나는 함께 걷고 또 걸었어. 크고 크신 새의 부리가 탑처럼 마을 한가운데에 솟아 있었다고 했지? 두 사람은 그곳에서 함께 거닐었어. 모투나는 산 아래에서 만난 동물과 자연, 바다의 냄새에 대해 들려줬어. 그러면 포스틴은 고개를 끄덕이며 먼바다에 사는 고래와 거북이에 대한 전설을 들려줬지. 두 사람은 했던 이야기를 몇 번이나 하고 들었던 이야기를 몇 번이나 또 들었어. 그래도 질리지 않았어. 행복은 질리는 것이 아니니까. 그 생각을 하니 모투나는 걸음이 더욱 가벼워졌어. 오늘도 또다시 행복한 밤이 될 테니까. 그런데 이상한 느낌이 등줄기를 타고 흘렀어. 숲의 모습이 평소와 좀 다르다는 걸 느낀 거지. 울창하게 줄지어 있던 키 큰 나무들이 듬성듬성 부러져 있었어. 또 길에 눈이 쌓여 있었어. 아무리 눈이 많이 온다 해도 모투나가 다니는 길은 항상 눈을 깔끔하게 치워두었거든. 그건 부족이 모투나를 환영하는 인사였어. 그때, 산 위에서 비명 소리가 들렸어. 모투나는 심상치 않은 일이 생겼음을 직감했어. 도끼를 움켜쥐고 산 위로 성큼성큼 뛰어 올랐지. 모투나는 예민한 청각으로 산 위에서 벌어지는 일을 빠르게 알아차릴 수 있었어. 모투나는 확신했어. 그건 부족의 비명 소리, 아니 포스틴의 비명 소리였어.

모투나가 포스틴을 부르면서 산 정상에 오르자 끔찍한 풍경이 펼쳐졌어. 약탈자들이 커다란 낫 같은 무기를 휘두르며 부족원들을 베고 있었어. 몇 명은 벌써 목숨을 잃었지. 그건 말 그대로 학살이었어. 모투나가 포스틴을 찾는데, 탄스타나가 도끼를 든 채 겁에 질려 있었어. 부족원들은 모두 도끼를 들고 싸우는 법을 알았어. 하지만 약탈자를 실제로 마주한 건 난생처음이라 겁에 질린 거야. 모투나는 외쳤어. **약탈자는 생각보다 강하지 않아! 맞서 싸우는 거야. 모두 도끼 들어!** 모투나가 외치는 소리를 듣고 한 약탈자가 고개를 돌렸어. 녀석과 눈이 마주친 순간 모투나는 짧은 탄식을 뱉을 수밖에 없었지. 자신이 산에 올라오던 길에 목뼈를 부러뜨렸던 그 녀석이었거든. 녀석은 목이 부러진 채로 움직이고 있었어. 더욱 소름 돋는 일은 바로 다음에 벌어져. 그 녀석이 이렇게 말하는 거야. **모두 도끼 들어!** 모투나와 똑같은 목소리를 흉내 내면서 말이야.

＊

— 엄청난 이야기군. 고가도로는 정말 길고 기네. 벌써 한참 걸은 것 같은데도 내려가는 길이 보이지 않아. 안개도 심하고 말이야. 눈이 오는 게 얄미울 정도네.

소녀의 말에 노인도 고개를 돌려 주변을 살폈다. 노인은 탄식했다.

— 이런. 우리는 고가도로를 올라온 게 아니야. 이건 그냥 대교야. 우린 강 위로 뻗은 큰 다리를 지나고 있었어. 저 아래 보이는 건 얼어붙은 강이야.

— 젠장! 그렇다면 길을 잘못 찾은 거야? 그럴 리가 없어. 분명히 안내받은 길로 가고 있다고.

— 괜찮아. 길을 알려준 사람도 이걸 고가도로라고 생각한 모양이야. 이 다리가 기억나. 이 다리를

따라가면 작은 방송국이 있을 거야.

— 건물 꼭대기에 커다란 접시와 커다란 북이 있는 건물 말이지. 그걸 안테나라고 했지.

— 맞아. 제대로 찾아왔어.

— 방금… 이 다리가 기억난다고 했잖아. 이 길을 와본 적이 있나 봐?

소녀는 다시 썰매를 끌기 시작했다. 먼 곳에서 얼어붙은 살얼음이 깨지는 소리가 길게 울려 퍼졌다. 대교 아래에 숨어 있던 깡마른 새 한 마리가 하늘로 날아갔다. 소녀는 고개를 조금 돌려 노인을 돌아보았다. 노인은 썰매에 쌓이는 눈을 계속 손으로 퍼내서 버리고 있었다. 노인이 말했다.

— 그래. 나도 옛날엔 이곳에 살았으니까. 우리가 가는 그곳, 방송국도 가본 적이 있을 거야. 방송국은 많지 않거든.

— 사실 어제부터 궁금했던 건데….

— 응.

— 모투나는 어땠어? 그러니까 지구에 사는 모투나. 얼마나 인기가 많았어?

— 모투나는 아주 짧게 사랑받았지. 영화에 주인공으로 나온 건 딱 한 번뿐이라고 했잖아. 우리가 지금 함께 이야기하는 영화가 바로 그 작품이야. 모투나가 딱 한 번 주인공으로 나온 영화.

— 왜 한 번밖에 못 나왔어?

— 영화가 실패했다고나 할까. 그리 많은 사람이 보러 와주지는 않았거든.

— 영화가 실패해도 모투나라는 아이는 백화점에 광고가 걸릴 정도로 인기가 많았구나.

— …….

— 왜? 그건 또 내게 설명하기 어려운 일이야?

— 아니. 그렇다기보다는 조금 뭉클해서. 그 광고 역시 모투나에게 딱 한 번뿐이었거든. 유일한 광고를 보고 유일한 영화 이야기를 하자니, 기분이 이상하네.

— …….

— 고마워.

— 뭐가?

— 점점 이 노인을 친절하게 대해주고 있잖아.

— 젠장. 그건… 이야기 값이야, 이야기 값.

— 그래도… 고마워. 모투나에 대해 물어봐줘서.

— 왜?

— 모투나에 대해 물어주는 사람은 옛날에도 없었거든. 갑자기 사라질 수밖에 없었던 아이니까.

— 그런데… 당신… 아니 그쪽은… 아무튼 모투나에 대해서 왜 그렇게 잘 알고 있는 거지?

— 모투나의 열렬한 팬이었다고 해두자.

— 팬?

— 아 그걸 뭐라고 설명해야 하지? 이따가 역에 도착하면 사전에서 찾아보는 건 어때?

노인의 말에 소녀는 웃음을 터뜨렸다.


소녀가 고개를 돌려 대답하려 할 때 노인과 썰매 너머에서 굉음이 들렸다. 소녀는 다리를 건넌 것이 처음이었지만 심상치 않은 일이 벌어졌음을 직감했다. 썰매가 밟고 온 다리가 무너지고 있었다. 오랜 시간 동안 무거운 눈을 버티며 얼어붙었던 다리가 이제 수명을 다하는 순간이었다. 뒤틀리는 교각이

85

지르는 비명과 떨어져 나온 파편들이 얼어붙은 강으로 추락하는 소리가 뒤엉켰다. 소녀는 노인에게 무어라 외치고 썰매를 있는 힘껏 당기며 달렸다. 노인은 소녀가 하는 말을 알아듣지 못했지만 썰매를 꽉 쥐고 눈을 질끈 감았다. 노인은 눈을 감고 모투나를 떠올렸다. 모투나의 눈물을 떠올렸다. 소녀는 계속 소리를 질렀다. 노인은 잠들듯이 정신을 잃었다. 시간이 조금 흘렀다.

— 이봐. 괜찮지? 죽은 건 아니지?

소녀가 노인의 어깨를 툭 치는 바람에 노인은 눈을 떴다. 노인은 손으로 자기 얼굴을 더듬었다. 소녀가 가볍게 웃었다.

— 그놈의 헝겊이랑 목도리 멀쩡하니까 걱정하지 마. 살아 있나 보네.

노인은 안도의 한숨을 내쉬었다. 얼굴을 가리고 있다는 안도인지 살아 있다는 안도인지 소녀는 알 길이 없었다. 노인은 조금 전 지나온 길을 뒤돌아봤다. 건너온 다리의 절반 이상이 무너지고 없었다. 강 표면의 얼음은 충격으로 산산조각 났다. 그 아래로는 검은 물이 흐르고 있었다. 소녀가 탄식했다.

— 정말로 강이었네. 난 몰랐어. 맨땅인 줄 알았어. 시커멓게 얼어붙어 있었으니까. 게다가 여기까지 와본 것도 처음이고 말이야.

— ⋯⋯.

— 저기, 정말 괜찮지? 뭐라고 말이라도 좀 해봐.

— 괜찮아.

— 그래. 다시 출발할까? 어두워지려고 하고 있어. 그리고 또 눈보라가 올 것 같은 기세야.

— 좋아. 조금만 더 가서 쉴 곳을 찾아보자.

노인이 썰매에서 내리려고 하자 소녀는 어깨를 잡아 말렸다.

— 그냥 앉아 있어.

— 정말 친절해졌다니깐. 이야기 값치곤 과한데.

— 아마도 오늘이 마지막 밤일 테니까.

— 아⋯ 내일이면 그 역에 도착할 수 있을 것 같아?

— 아마도.

— 그나저나 큰일이네. 다리가 무너졌으니.

— 돌아가는 길은 내가 알아서 찾을 테니, 걱정하지 않아도 돼. 그리고 사실….

— 사실?

— 아니다. 그 얘기는 됐어. 모투나 이야기나 다시 들려줘. 오늘은 밤을 새워서라도 들어야겠어.

소녀는 썰매를 다시 끌기 시작했다. 노인은 추위에 몸서리를 한 번 친 뒤 이야기를 시작했다.

*

— 어디까지 얘기했지? 약탈자와 모투나가 마주친 순간까지 얘기했지. 약탈자는 모투나의 목소리를 흉내 냈어. "모두 도끼 들어!" 하고 말이야. 자신이 방금 한 말을 그대로 따라 하는 모습을 보니 등줄기에 식은땀이 흘렀어. 지금껏 만난 약탈자는 모두 짐승처럼 울어대기만 했지, 사람처럼 말하는 모습은 본 적이 없었거든. 게다가 자기 목소리를 흉내 내기까지 했으니까. 모투나는 다시 한 번 도낏자루를 강하게 움켜쥐었어. 이건 산 아래에서 종종 벌어지던 시시한 전투 따위가 아니었어. 자기 하나만을 지키기 위한 전투가 아니라 모두를 지키기 위한 전투였지. 모투나는 어금니를 악물고 도끼를 휘둘렀어. 다른 부족은 사실 전투 의지를 상실했거든. 전투는

물론이고, 약탈자를 눈앞에서 마주친 것도 처음이니까. 오로지 모투나만이 싸울 수 있었지.

모투나는 조금 전 목소리를 따라 했던 괴물의 정수리 한가운데로 도끼를 휘둘렀어. 이젠 목을 부러뜨리는 정도가 아니라 정말 제대로 머리통을 쪼개버릴 각오로 말이야. 모투나의 도끼가 괴물의 머리를 갈라버렸어. 이제까지는 약탈자들의 목이나 가슴에 도끼를 박아 넣은 정도였지만, 이번엔 달랐어. 진심으로 증오가 담긴 공격이었어. 자신이 휘두른 도끼가 녀석의 정수리에 박힐 때, 모투나는 한 가지 의문이 들었어. 이때까지 이 녀석들과 그렇게 많이 싸웠는데도 단 한 번도 피를 흘리는 것을 본 적이 없었어. 어쩌면 약탈자들은 모투나와는 다른 존재가 아닐까? 의문은 바로 풀렸어. 모투나의 도끼가 정수리를 파고드는 순간, 약탈자의 머리통이 폭발했어. 모투나는 단 한 번도 본 적 없는 일이었어. 그건 마치 화약이 폭발하는 것 같았으니까. 폭발한 머리통에는 복잡한 기계들이 가득 차 있었어. 보라색 피부 안엔 피와 뼈, 살 대신에 기계장치가 들어 있었지.

곧 그 안에서 불꽃이 여러 번 튀기더니 약탈자는 그대로 바닥에 쓰러졌어. 이제야 겨우 죽은 거였어. 아니, 기계가 움직임을 멈췄다고 해야겠지. 그 녀석이 바닥에 쓰러지자 다른 약탈자들이 보인 반응도 놀라웠어. 녀석들은 조금도 망설이지 않고 살아남은 모투나의 부족원들에게 달려들었어. 그리고 그들을 껴안은 채로 자폭했지. 마치 어떤 흔적을 지우기라도 하려는 것처럼 말이야. 눈앞에서 약탈자가 폭발하고 부족원들이 모두 죽었지만, 모투나는 당황할 수도 없었어. 포스틴을 구해야 한다는 생각뿐이었으니까. 하지만 포스틴이 보이지 않았어.

― 설마. 포스틴도….

― 모투나는 포스틴이 죽었을지도 모른다는 불안감에 휩싸였어. **포스틴! 포스틴 어디 있어?** 모투나는 비명을 지르며 포스틴을 찾았어. 하지만 포스틴은 크고 크신 새의 부리 앞에 서 있었어. 언제나 두 사람이 함께 걷던 그 앞, 원뿔 모양 탑처럼 생긴 부리 앞에 선 포스틴이 모투나를 바라보았어. 그 눈빛에 말할 수 없는 슬픔과 감동이 동시에 스쳐 갔어. 포스

틴이 속삭이듯 말했어. 드디어 이런 날이 왔어, 모투나. 드디어 성공이야. 네가 죽지 않는 날이 오다니. 내가 오늘을 몇 번이나 살았는지 넌 모를 거야. 하지만 이젠 상관없어. 그나저나 부족원이라는 놈들은 오늘도 서로를 지켜주지 못하는구나. 그것도 이젠 상관없어. 어차피 죽을 놈들이었으니까. 하지만 모투나는 달랐어. 나를 사랑했고 아껴주었지. 함께 산 아래로 떠나자는 말도 얼마나 진심인지 난 알고 있었어. 너는 이 버러지들과는 달라. 진실로 고귀하고 아름다워. 그래, 이젠 다 상관없는 이야기야. 진짜 이야기는 이제부터 시작이야. 이 안에서 기다릴게. 포스틴이 말을 마치자 부리에 작은 문이 생겼어. 포스틴은 그 안으로 들어갔어.


— 우와.

소녀가 감탄하자 노인은 웃었다.

— 어때? 흥미진진하지. 망한 영화지만 제법 볼 만했다고.

— 이야기도 흥미진진하지만 저길 볼래? 이 벽 말이야.

소녀는 손끝으로 어느 건물 외벽을 가리켰다. 한 때는 차량 수백 대가 동시에 달렸을 것처럼 넓은 도로가 펼쳐져 있고 그 너머엔 모투나가 있었다. 건물 외벽에 걸린 거대한 얼굴. 비록 회색 눈과 세월이 포스터에 생채기를 냈지만 선명한 눈빛만은 그 시절의 모투나였다. 소녀는 썰매를 멈추고 사진을 천천히 살피며 말했다.

— 백화점에서 본 것보다 얼굴이 더 잘 보이네. 화장품 광고가 아니라 영화 속 모습인가 봐.

— 그러게. 이제 나도 모투나의 얼굴이 조금 더 선명하게 떠오르는 것 같아.

— 저긴 뭐 하는 건물일까? 모투나의 얼굴이 붙어 있다니. 그런데 지구에 사는 모투나의 모습은 아니네.

— 아마 극장이 아닐까?

— 와아. 그러니까 저기서 모투나가 나온 영화를 볼 수 있었다는 말이네.

— 맞아.

— 저 극장에 들어갈 수는 없겠지? 벽만 남기고

절반은 무너졌네.

소녀는 썰매를 다시 한 번 힘껏 당기며 말을 이어 갔다.

— 영화를 실제로도 보고 싶었는데 아쉽게 됐군.

노인이 고개를 끄덕였지만 소녀는 계속 앞을 바라보며 썰매를 끄느라 보지 못했다. 노인이 말했다.

— 극장이 멀쩡하다 해도 전기가 없으니 영화를 볼 수는 없을 거야.

— 아! 맞다! 영화도 전기로 움직이는 거지. 당신이 하도 생생하게 들려줘서 모투나가 눈앞에 살아 있는 줄 알았어. 그래서 영화도 진짜 모투나가 눈앞에 나타나서 움직이는 연극 같은 거라고 잠깐 착각했지 뭐야?

— 영화 이야기를 이렇게 좋아할 줄은 몰랐네. 이젠 쉴 곳을 찾자. 너도 오늘 너무 많이 걸었잖아. 나까지 싣고 말이야. 굶어 죽기 전에 탈진해서 죽고 싶진 않지? 오늘만 견디면 내일은 뭐라도 먹을 수 있을 거야.

— …….

— 듣고 있어?

— 모투나는 몇 살이지?

— 열일곱 살쯤.

— 그럼, 모투나와 포스틴 둘 다 열일곱 살이란 말이지?

— 그래. 그 이상한 일의 진실이 곧 밝혀져.

— 그 진실은 충격적이야?

— 미리 들으면 재미없어. 하지만 적어도 나는 놀랐어. 다른 관객들 반응은 별로 좋지 않았지만.

— 그쪽에겐 놀라웠는데 다른 사람들은 별로 놀랍지 않았나 보네. 진실이 놀랍지 않으면 영화가 망하는 거야?

— 그게 복잡해. 어떤 이야기는 누군가에겐 와닿고 누군가에겐 잘 와닿지 않기도 하나 봐. 많은 사람에게 와닿은 이야기는 많은 사랑을 받지만 그러지 못한 이야기들은 흔히 실패한 이야기라고 하지.

— 만약 내가 진실을 숨겼다면, 화낼 거야?

— 그 진실은 충격적이야?

— 나도 모르지. 그쪽이 얼마나 충격받을지는.

— 내가 아주 놀라 자빠질 만한 내용이야?

— 이런. 이제야 알 것 같다. 그쪽은 대단한 이야기꾼이었네. 난 내가 알고 있는 진실 하나도 제대로 이야기하기가 이렇게 어려운데.

— 네가 칭찬을 다 해주네. 싸가지 없는 녀석이 이틀 사이에 버릇이 좀 생겼나 봐.

— 이럴 땐 뭐라고 말하는 거야? 진실을 알려줘야 하는데 좀 미안할 때 말이야.

— 그럴 땐 "화내지 말고 들어" 혹은 "숨겨서 미안해"라고 말하곤 하지.

소녀는 썰매를 멈추고 노인 앞으로 다가왔다. 소녀는 망설이는 눈빛이었다. 소녀는 노인 앞에 쪼그려 앉았다. 노인은 망설이는 소녀에게 손을 뻗어 그 이마를 닦아주었다. 이 날씨에도 땀이 흐르고 있었다. 노인이 말했다.

— 하지만 무언가를 고백하려고 하는 사람에게 이렇게 먼저 말하기도 했지. "화내지 않을 테니까 말해. 그동안 그 사실을 숨겨야 했던 너는 얼마나 마음이 무거웠겠니?"

잠깐 침묵한 끝에 소녀는 말했다.

— 좋아. 화내지 말고 들어. 숨겨서 미안해. 실은 내가 옷 속에 감자를 한 개 숨겨뒀었어. 그쪽에겐 말하지 않았지만 말이야.

또다시 그들 사이에 잠시 침묵이 흐르고, 노인은 몸을 웅크리고 떨기 시작했다. 그러고는 웃음을 터뜨렸다.

— 나한테 숨겼다는 비밀이 겨우 그거야?

— 난 당신한테 거짓말을 했다고 생각했어.

— 내가 너한테 감자 더 있냐고 물어본 적 있어?

— 아니.

— 하지만 나 몰래 감자를 먹을 생각은 했었구나.

— 맞아.

— 하지만 진실을 고백했지.

— 그건 내가 잘나서가 아니야. 이건 달라. 뭐랄까….

— 뭐랄까?

— 포스틴이 모투나에게 진실을 말해주지 않고 사라졌잖아. 난 그게 좀 비겁하다고 생각했어. 그랬

으면서 그쪽 몰래 이 감자를 먹기라도 한다면 난 이 이야기를 들을 자격이 없을 것 같아서.

— 이야기를 듣는 데 자격 같은 건 필요하지 않아. 누구든 이야기를 들을 수 있지. 도서관에서 책을 읽는 것처럼.

노인의 말에 소녀는 몸을 일으켰다. 차가운 바람이 두 사람을 스치고 지나갔다.

— 일단 오늘 잘 곳을 찾자. 알겠지만 여긴 나도 처음 와봤어. 어디에 뭐가 있는지 몰라.

소녀가 다시 썰매를 끌었고 노인은 그런 소녀의 뒷모습을 바라보았다. 강한 눈보라가 두 사람을 밀치고 지났다. 회색 눈이 썰매 위로 마구 쏟아졌다. 노인은 그것들을 털어내며 소녀에게 외쳤다.

— 모투나는 부리 안으로 들어갔어.

— 이야기는 잘 곳을 찾은 뒤에 들려줘.

— 아니. 우리에겐 이제 시간이 많지 않아. 아직도 이야기는 많이 남았어.

— 그럼 무리하지 말고 들려줘.

*

― 부리로 들어가는 문 안에는 어둠이 버티고 있었어. 무엇이 있는지 가늠할 수 없었지. 모투나는 코로 숨을 가득 들이마셨어. 몰려드는 불안감을 가라앉히기 위한 호흡법이지. 코로 숨을 가득 마시고 입으로 뱉었어. 모투나는 이 안에 들어가면 자신이 평생 알고 있던 무언가가 무너질 거라는 불안감을 느꼈어. 그래도 문 안으로 들어갔지.

부리 안은⋯ 예상외로 포근했어. 모투나가 들어서자 문은 닫혔고 푸른 빛이 쏟아졌어. 햇빛과는 다른 빛이었어. 모투나의 몸은 편안하게 공중으로 떠올랐어. 그리고 아래로, 아래로 내려갔지. 마치 푸른 바다에 잠수한 기분이었어. 모투나는 바다에 들어가본 적이 단 한 번도 없었어. 하지만 편안함을 느꼈어. 그런 감상은 어느 정도 진실이었지. 그 안은 실제로 푸른 물로 가득 차 있었고 모투나는 그 속에서도 숨을 쉴 수 있었으니까.

물속에서도 숨 쉴 수 있는 바다. 그 바다 안에 무언가가 어른거리고 있었어. 마치 영화 같은 장면이었는데, 거대한 새가 하늘을 날고 있었어. 아주 거대한 새였어. 그 거대한 날갯짓은 바다를 향하고 있었어. 바다엔 고래가 헤엄치고 있었지. 새는 그 고래를 부리로 물어. 그 큰 고래를 부리 끝에 한번에 물 수 있을 정도로 새는 거대했어. 새는 고래를 단숨에 삼키고 다시 하늘로 날아올랐어. 그리고 다시 아래로 곤두박질치기 시작해. 그렇게 도착한 곳은 바로 헤르보렛사였어. 모투나와 포스틴, 부족이 살고 있는 고향. 새가 날개를 펼치자 산맥 전체를 덮을 정도였지.

새가 그 위에서 잠을 청하는데, 비명 소리가 들렸어. 그건… 모투나의 목소리였어. 모투나가 비명 지르며 도망가고 있어. 그러다 이내 모투나는 두 손으로 제 입을 막았어. 눈물이 쉼 없이 흘렀지만 모투나는 계속 달리고 있어. 다시 비명 소리가 들렸어. 그 건 모투나의 비명이 아니었지. 약탈자가 짧게 비명을 질렀어. 모투나가 휘두른 도끼가 가슴 한가운데에 박힌 거야. 발작을 일으키며 쓰러진 약탈자에게 모투나는 침을 뱉었어. 그건 지난주쯤 벌어진 일이었어. 모투나는 눈앞에서 펼쳐지는 일이 무슨 의미인지 알 수 없었어. 모투나는 영화는커녕 움직이는 영상 같은 것도 본 적이 없으니까. 그때 푸른 물들이 사라지고 어두운 공간에 도착했어. 문이 다시 열렸어. 열린 문 끝에는… 포스틴이 서 있었어. 포스틴이 말했어. 고향에 돌아온 걸 환영해. 새의 아이야. 오늘은 죽지 않고 살아서 돌아왔구나. 정말 다행이야. 지금은 혼란스러울 거야. 하지만 이제 모든 이야기를 들려줄게.

　소녀가 썰매를 멈추자 노인도 이야기를 멈췄다. 소녀는 쌍안경을 들어 먼 곳을 주시했다. 소녀가 옅은 미소를 지었다.
　— 안테나가 있어. 확실해. 정말 커다란 접시와 북

처럼 생겼네. 녹슬고 부서졌지만 확실해. 조금만 더 걸으면 저곳에 도착할 수 있을 텐데….

— 바람이 너무 거칠어. 너 혼자였다면 이 밤을 어떻게 보냈겠어?

— 일단… 바람이라도 피할 수 있다면 어디든 들어가자. 입구가 열린 건물이라면 어디든지.

— 저기 저 작은 건물은 어때? 큰 건물 앞에 홀로 있는 저 작은 건물 말이야.

소녀는 노인이 손가락을 뻗은 곳으로 썰매를 끌었다. 노인은 썰매 위로 끝없이 쌓이는 회색 눈을 계속 퍼내고 또 퍼냈다. 소녀는 썰매를 작은 건물 안으로 이끌고 들어갔다. 좁은 복도가 펼쳐졌다. 소녀가 거친 기침을 뱉었다. 노인이 몸을 일으켜 썰매에서 내렸다. 노인이 소녀보다 앞장서 건물 안으로 성큼성큼 들어섰다. 노인이 말했다.

— 역시 상가였군. 작은 가게라고 할까?

소녀는 썰매를 조금 더 이끌고 들어온 뒤 바닥에 주저앉았다. 소녀 앞으로 다가온 노인 역시 맞은편에 앉아 숨을 돌렸다. 소녀가 물었다.

— 건물 안에선 그 얼굴을 감싼 거적을 벗어도 괜찮아.

— 아니. 별로 보여주고 싶은 모습이 아니라서.

— 그래. 알았어. 그래도 감자는 먹을 수 있지?

소녀는 품에 숨긴 감자 한 알을 꺼냈다. 군데군데 거뭇하게 변색이 일어나고 있었다. 소녀는 작은 접이식 칼을 꺼내 거뭇한 부위를 얇게 잘라냈다. 그러고는 반으로 자른 감자를 노인에게 던졌다. 소녀의 말은 그 어느 때보다 부드러웠다.

— 이게 우리의 마지막 식사네. 함께 통조림을 먹고 싶었는데.

— 화해하자.

— 응? 웬 화해? 우리가 싸웠었어?

— 너도 날 미워했지만 나도 널 미워했으니까.

— …난 당신을 미워하지 않았어. 그저 당신이 나보다 좋은 시절을 보냈다는 사실에 화가 났을 뿐이야. 조금 부러워했던 거지.

— 난 널 미워했어. 네가 날 부러워한다는 사실을 알면서도 말이야. 나에 대해 알지도 못하면서 거칠

게 말하는 널 미워했지. 하지만 전혀 그렇지 않은 척 하면서 뻔뻔하게 널 대했어.

― …맞아. 당신의 그런 모습에 조금 더 화가 나고 미워했던 것 같아. 그래, 화해하자. 마지막 밤이잖아.

― 그래. 고마워.

― 나도.

― 넌… 이름이 뭐야? 아직까지 서로 이름도 묻지 않았잖아.

― 그럼 당신 이름은?

― 이렇게 하자. 역에 도착해서 헤어질 때가 되면 서로 이름을 말해주는 거야.

― 그거 재밌네. 이런 것도 우리 둘만의 이야기라고 할 수 있는 건가?

― 물론이지. 오늘 우리 대단했잖아. 무너지는 다리도 함께 건넜는걸. 엄청난 이야기였다고.

― 맞아. 내가 그쪽만큼 나이가 든다면 그땐 내가 지금 나만 한 아이에게 이 이야기를 들려주겠지. 그땐 이렇게 말하겠지. 그 다리가 무너지는 날 그 노인

과 나는 엄청난 모험을 했다고.

— 네가 대단했지.

— 아니. 당신이 썰매에 쌓이는 눈을 계속 퍼낸 건 나도 알고 있어.

그러고 두 사람은 잠시 말이 없었다.

소녀의 배에서 꼬르륵 소리가 울렸다. 소녀는 감자를 먹기 시작했고 노인도 따라서 감자를 베어 물었다. 건물 안이 어두워졌다. 햇빛이 모두 사라지고 밤이 되었다. 두 사람은 침낭을 꺼내 나란히 마주 보고 누웠다. 소녀가 말했다.

— 이상해. 이젠 이야기를 더 듣고 싶지 않아. 마지막이라고 생각해서 그런가.

— 그건 네가 이 이야기를 너무 좋아해서 그래. 가끔은 어떤 이야기가 끝나지 않았으면, 싶을 때도 있거든.

— 너무 재미있어서?

— 그렇지.

— 그럼 영화는 계속 다시 볼 수 있었던 거야? 원할 땐 언제든지?

— 대체로 그랬다고 할 수 있지. 그런데 더 재밌는 사실은 이 영화에 원작이 있었다는 거야.

— 원작?

— 아 너무 어려운 단어인가? 국어사전 안 잃어버렸지?

— 응.

— 그럼 뜻을 찾을 수 있겠네.

— 으음… 사실 글자는 읽을 줄 알지만 글자들이 어떤 순서로 들어가 있는지 몰라.

— 아!

— 당신이 찾아줄래?

— 그럼 사전을 이리 줘봐.

— 손을 뻗어도 당신에게 닿지 않는걸.

— 그럼 가까이 오는 건 어때?

— 알았어…. 이제 됐지?

— 원작… 이응… 우… 어… 니은… 원작. 연극이나 영화 혹은 번역이나 개작을 하기 전의 본래 작품이라는 뜻이군.

— …더 어려워지는데.

― 모투나 이야기는 영화 이전에 소설이었어. 그 소설을 바탕으로 영화를 만든 거야.

― 세상에. 한 이야기를 가지고 또 다른 이야기를 만들 수 있는 거야?

― 그렇지. 물론 자잘하게 달라지기는 하겠지만 말이야.

― 이상한 생각이 들어.

― 어떤 생각?

― 모르겠어. 설명하긴 힘든데 우리 이야기 말이야, 내가 걱정했던 것보다 빨리 끝나고 있어. 난 며칠이나 걸릴 줄 알았거든. 그런데 내일이면 끝이잖아. 겨우 사나흘짜리 이야기였네.

― 재밌는 얘기 해줄까?

― 또 무슨 얘기?

― 꼭 영화 같은 데에선 그렇게 말하면 이야기가 쉽게 안 끝나. 대부분 주인공이 말하는 것과 반대로 흘러가거든.

― 으… 솔직히 말할게. 그쪽이랑 곧 이별한다고 생각하니 좀 아쉬운데 계속 붙어 있으면 짜증 날 것

같아. 그쪽은 조금 재수가 없거든.

— 그렇게 말하면 그건 대부분 그대로 흘러가고 말지.

— 쳇. 역시 재수 없다니까.

— 감자 다 먹었으면 모투나 이야기를 들려줄까?

— 말했잖아. 듣고 싶은데 듣고 싶지 않기도 해.

— 네 마음이 왜 그런 거야?

— 그걸 다 들으면 슬플 것 같아서. 이 이야기는 끝이 있는 거지? 모투나 이야기 말이야.

— 그럼. 얼마 남지 않았어.

— 그게 슬프다는 말이야. 이야기가 끝나면 그 이야기 속 인물들은 어디로 가는 거지?

— 모투나는 겨우 열일곱 살이야. 그다음 삶이 펼쳐지겠지.

— 그런데 영화에선 왜 어떤 순간만 보여주는 거야? 다음 삶도 있는데 말이야.

— 그건 아마⋯ 그 순간이 그 사람의 삶에서 가장 인상적인 순간이라서 그럴 거야.

— 그럼 열일곱 살 이후에 모투나는 그냥 평범하

게 살아갔을까?

— ······.

— 모투나가 열일곱 살이라는 게 계속 신경 쓰여. 나랑 나이가 같아서 그런가.

— 모투나를 연기한 그 아이도 그땐 열일곱 살이었어.

— 영화에서는 자신과 같은 나이만 연기할 수 있는 거구나.

— 그렇진 않아. 하지만 나이가 비슷하면 좋지.

— 그 아이는 뭐래?

— 뭐가?

— 그 아이에 대해서 잘 안다며. 이 영화에 나온 뒤 그 아이는 어땠대? 그러니까 모투나는⋯ 영화가 끝나면⋯ 으음, 그대로 사라지는 거나 마찬가지잖아? 하지만 그 아이는 진짜 사람이니까⋯ 그다음 삶을 살았을 거 아니야.

— 그 아이는⋯ 사실 그 아이도 사라졌어. 말했지, 딱 한 번 광고를 찍고 딱 한 번 영화에 나왔다고. 그러곤 사라졌어.

— 왜?

— 그건 나도 몰라. 그 후엔 누구도 그 아이를 본 적이 없으니까. 아무도 찾지 않는 이야기는 그렇게 사라지는 거야. 아무도 보지 않은 채 끝난 영화처럼 말이야. 시간이 흐른 뒤 누군가는 잠깐 궁금해했을 수도 있겠지. '아 그런 영화가 있었지' '아 그런 영화에 그런 배우가 나왔었지. 맞아. 그게 첫 주연작이었어. 그런데 연기를 참 못했어. 영화도 형편없는 삼류였고. 그런데 그 아이는 어디에서 뭘 하고 있을까? 그땐 인기가 그렇게 많았는데.'

— 그 아이가 궁금해.

— 모투나 이야기는?

— 당연히 듣고 싶지. 하지만….

— 하지만?

— 듣고 싶지만, 다음에 듣고 싶다고 하면 될까?

— 우리에겐 다음이 없잖아. 내일이면 나를 데려다줄 역에 도착한다며.

— 저기… 그거 해줘. 아까 내가 감자를 숨겼다고 고백하기 전에 당신이 했던 말 있잖아. 너는 마음이

얼마나… 그거.

— 그래. 그런 이야기를 감추고 있느라 너는 그동안 마음이 얼마나 무거웠겠니? 뭐든 얘기해보렴.

— 그래, 화내지 마. 미리 말 안 해서 미안해. 이런 것도 거짓말인지 모르겠는데, 난 실은 우리 역을 떠날 생각이었어.

— 잠깐. 그럼 날 여기 데려다준 뒤에 돌아가지 않을 생각이었다고?

— 응.

— 이게 감자를 숨긴 것보다 훨씬 놀라운 얘기인데. 왜?

— 으음… 얘기해줄까?

— 그래. 이제 내가 들어줄 차례군. 어디 한번 들어보자.

— 아… 막상 말하려니 머리가 복잡해.

— 잠시 정리할 시간을 줄까?

— 그럼 더 들을 만한 이야기가 될까?

— 아니. 그냥 마음에서 우러나오는 대로 말하는 게 제일 좋아. 제일 처음 떠오르는 장면을 이야기해

봐. 네가 역을 떠나기로 마음먹은 순간이 있을 거 아니야.

— 사실 아까 다리가 무너졌을 때 아예 마음을 먹었어. 그전까진 약간 갈팡질팡했거든. 그런데 다리가 무너졌으니 돌아갈 길이 사라졌잖아. 물론 다른 길을 찾으면 돌아갈 수야 있겠지. 그런데 나한텐 그게 마치 어떤 이야기 같았어. 크고 크신 새나 회색 늑대가 나에게 들려주는 목소리라고 할까. 이제 돌아가지 말거라!

— 그랬구나. 그럼 그런 마음을 처음 먹었던 순간이 있을 거 아냐. 역을 떠나야지, 다시는 돌아오지 말아야지, 그런 생각을 한 순간. 영화나 소설은 그런 순간에서부터 시작하거든.

— 그래, 그럼 그때부터 이야기를 시작하면 되겠다. 그럼… 내 이야기가 재미없어도 들어줘. 당신만큼 재밌게 이야기하진 못할 거야.

— 괜찮으니까, 들려줘. 밤은 길잖아. 그리고 넌 돌아가지 않을 거고, 적어도 오늘 밤은 내가 네 옆에 있잖아.

*

　─ 어디서부터 이야기할까? 난 원래 우리 역을 떠날 생각이 없었어. 그런 건 아예 상상도 못 해봤지. 난 태어났을 때부터 거기에 살았거든. 사실 아이들 대부분이 그곳을 떠나지 못했잖아. 난 떠났다는 아이도 들어본 적 없어. 우리에게 바깥세상은 원래 나갈 수 없는 곳이었으니까. 그런데 어쩌다 보니 내가 선택받은 거야. 지도를 만드는 역할에.

　처음엔 두려웠어. 아, 어쩌다 그 역할을 받았는지도 설명해야겠다. 으음. 당신은 다른 역에 있다가 이곳으로 왔잖아? 그보다 훨씬 전 이야기야. 사실 우리 아이들도 역 바깥 바로 앞까지는 나갈 수 있어. 우리 역에서 나오면 커다란 쇼핑센터가 있잖아. 우리는 그 건물 이름도 몰랐지만 어른들이 쇼핑센터라고 하니까 그렇게 불렀어. 그 앞까지가 우리가 갈 수 있는 전부였어. 그 이상은 무서웠지. 어른들이 그 이상 나가면 절대 안 된다고 말하기도 했지만, 정말 무서웠던 건 쇼핑센터 너머로 보이는 무너진 건물들이었지. 가끔 그 건물들은 펑펑하는 소리를 내기도 했어. 오래된 창문들이 터지는 소리라고 하더라. 너무 추워서 그런 거래. 그러다가 끼익하는 소리가 나면 그 건물은 무너지는 거였지. 건물 안에 들어 있는 철골이라고 하는 거대한 쇠막대가 휘어지고 부러지는 소리래.

난 그 소리들을 가까이서 들은 적이 있어. 그리고 건물이 무너지는 걸 눈앞에서 봤지. 그날 난 역에서 나와 새로 내린 눈을 그릇에 퍼 담고 있었어. 어른들은 눈을 함부로 먹지 말라고 했지만 목마른 건 참기 힘들었거든. 눈 녹은 물이 회색인지 검은색인지는 중요하지 않았어. 목이 마르니까. 아무튼 나는 가끔 몰래 눈을 퍼 와서 녹여 마셨어. 다른 역에선 어떻게 살고 있는지 모르지만 우리 역 어른들은 역 안에서 감자와 버섯을 키울 때만 눈 녹인 물을 썼어. 눈을 녹여 필터에 거르고 걸러야 깨끗한 물이 조금 나왔지. 그게 우리가 마실 수 있는 유일한 물이었어.

다시 처음으로 돌아와서, 내가 그나마 깨끗한 눈을 손으로 푸고 있는데 저만치 있는 건물에서 끼익 끼익 소리가 들리더니 와장창 펑펑 하고 와르르 무너지는 거야. 쇼핑센터보다는 훨씬 작은 건물이었어. 벽에는 깨진 간판들이 많이 달려 있었지. 멀리서 그 건물을 볼 때마다 저기엔 뭐가 있었을까, 어떤 사람들이 살았을까, 혼자 상상해보던 건물이었어. 그 건물이 무너지자 내 발은 기다렸다는 듯이 그곳으로 달려가기 시작했어. 그때 내가 왜 그랬는지 나도 모르겠어. 무너진 건물은 그대로 내려앉은 바람에 옥상도 얼음조각처럼 부서졌더라고. 무너진 옥상에는 얼어 죽은 사람 시체와 텐트, 침낭이 있었어. 옥상에 올라가 있으면 추위와 눈을 피할 수 있다고 생각했을까? 텐트는 이미 찢어질 대로 찢어져서 쓸 수가 없었어. 겨우 쓸 만한 물건은 구겨진 침낭뿐이었지. 난… 그 침낭을 조심스레 들어봤어. 속엔 아무도 없었어. 죽은 사람은 찢어진 텐트 안에 있었거든. 난 시체를 쳐다보지 않으려고 애쓰면서 침낭만을 꺼내서 들고 달렸어. 시체는 나밖에 못 봤으니까. 다들 밖으로 나오지 않으니까. 앞으로도 아무도 보지 못할 테니까.

역 안으로 돌아왔을 때는 다들 소란스러웠어. 건물이 무너지는 진동과 소음이 들리더니 어린애가 하나 사라졌잖아. 난 아무렇지 않게 고개를 꼿꼿이 들고 말했어. **방금 건물이 무너졌어요. 그런데 왠지 그 앞에 가보고 싶었어요. 그래서 그 앞에 갔더니 이게 떨어져 있지 뭐예요? 이건 제가 주웠으니 제 물건이 맞죠?** 어른들은 어이가 없다는 눈빛으로 나를 바라봤어. 하지만 이내 심각한 분위기가 되었지. 모여서 무어라고 소리를 지르기도 했어. **이제 사람이 다닐 수 있나 봐. 이 근방을 그렇게 뒤졌는데 사람 흔적은 한 번도 본 적이 없었잖아. 우리가 못 찾은 흔적일 수도 있지. 아니, 최근에 누군가 다녀갔을 수도.** 어른들이 싸우고 있었지만, 난 시체 얘기는 하지 않았어. 솔직히 시체를 제대로 보지도 않았거든. 봤다 해도 그게 어제 죽은 사람인지 십 년 전에 죽은 사람인지 내가 어떻게 알 수 있겠어? 어른들은 밤새도록 싸웠고 난 내가 가져온 침낭 안에 들어가 있었어. 다른 아이들이 침낭이 신기한 듯 다가와서 쿡쿡 찔러보며 말했어. 나도 들어가보면 안 돼? 나는 대답했지. 안 돼. 여긴 나만의 공간이야.

난 그 침낭 안에서 정말로 깊은 잠을 잤어. 다음 날이 되자 어른들이 와서 날 깨웠어. 한 명이 물었지. 이걸 정말 네가 주워 온 게 맞니? 네, 맞아요. 역 밖에서 한참이나 걸어가서 말이지? 네. 맞아요. 그렇구나. 다른 한 명이 물었어. 우리가 만약 너에게 일을 준다면 어떻겠니? 어떤 일이에요? 역 밖에 나가서 걷는 거지. 얼마큼요? 네가 걸을 수 있는 만큼. 왜 걸어야 하죠? 네가 걸으면서 무너진 건물은 없는지, 어딘가에 죽은 사람은 없는지 살펴봐. 그걸 하면 좋은가요? 그럼. 감자와 버섯을 다른 아이들한테 주는 것보다 많이 줄게. 고기가 생기면 그것도 너한테만 몰래 줄 수 있어. 그 말에 내가 정확히 뭐라고 대답했는지는 기억나지 않아. 하지만 난 하겠다고 했어. 그러자 어른들이 바빠졌어. 창고에 숨겨두었던 두꺼운 옷들을 꺼내 나에게 입혔지. 지금 이 쌍안경도 그때 받은 거야. 그때부터 이렇게 한쪽 유리가 없었지. 어른들은 나에게 가방을 줬고 그 안에 침낭과 감자와 버섯을 넣어줬어. 어른 한 명이 말했어. 네가 걷고 싶은 만큼 걷는 거야. **감자와 버섯을 먹으면서 걸어.** 나중에 깨달은 사실이지만 그때 그들은 내게 돌아오라는 말은 하지 않았어. 계속 걸어가라고만 했지. 하지만 난 순진하게 내가 다른 아이들보다 걷기를 잘해서 상을 받는다고만 생각했어.

난 역 밖으로 나와 제일 먼저 무너진 건물 앞, 내가 침낭을 주웠던 곳으로 갔어. 얼어붙은 시체는 여전히 그곳에 있었어. 난… 주변에서 그나마 깨끗한 눈을 찾아 두 손으로 퍼 왔어. 그리고 시체를 덮어줬지. 처음엔 눈을 질끈 감았는데 나중엔 미안한 마음도 들었어. 시체를 눈으로 다 덮어준 뒤 나는 앞으로, 앞으로 걸었어. 얼마나 신났는지 걸어도 걸어도 지치지 않더라. 전부 난생처음 보는 풍경이었으니까. 회색으로 가득한 세상이지만 그래도 내게는 처음이었어. 난 역에서 먹던 것보다 음식을 조금씩 아껴 먹어야겠다고 생각했어. 그래야 오래 걸을 수 있으니까. 어른들이 가방 안에 챙겨준 식량은 감자 한 알과 버섯 한 줌이었어. 감자는 아껴 먹기로 하고 버섯 한 줌을 입안에 다 털어 넣었지. 그리고 버섯이 완전히 물이 될 때까지 우적우적 한참을 씹었어. 그러면서 계속 나아갔어.

난 그날 처음으로 해가 지는 모습을 봤어. 그때까지 난 해가 하얀색인 줄 알았어. 그런데 점점 노랗게 변하더니 빨간색이 되면서 저기 저 지평선과 빌딩 사이 어딘가로 쏙 들어가는 거야. 난 그게 너무나 아름다워서 그 자리에 가만히 서서 해가 다시 뜨기를 기다렸어. 해가 방금 내려간 곳에서 금세 다시 올라올 줄 알았거든. 잠을 자면 시간이 금방 가잖아. 그래서 해도 금방 다시 뜨고 아침이 오는 줄 알았지 뭐야. 우습지? 우린 시계를 본 적이 없잖아. 그러니 당신들이 말하는 시간이란 걸 우린 몰라. 그렇게 해를 기다리는데 추워서 몸이 바들바들 떨리고 고개를 돌리니 여태 왔던 길도 보이지 않았어. 역 안에서는 가끔 초를 켜놓았지만, 여긴 정말로 밤이었어. 난 가방에서 침낭을 꺼내 그 안으로 쏙 들어가서 눈을 감았어. 이제 잠이 들겠지. 눈을 감았다가 뜨면 아침일 거야. 그럼 조금만 더 걷고 역으로 돌아가야지. 집에 돌아가야지.

그런데 배가 너무 고픈 거야. 침낭 옆에 놓아둔 가방 안에 감자가 한 알 있는데 너무 먹고 싶었어. 나는 '참아야 해! 내일도 걸어야지!' 하는 마음과 '지금 먹고 아침에 집에 돌아가자' 하는 두 마음 사이에서 오락가락했어. 결국 어떻게 됐냐고? 가방을 열어서 감자를 꺼내 한입에 다 먹어버렸어. 감자를 씹는데 눈물이 나기 시작했어. 감자가 너무 작고 맛이 없었거든. 여기까지 와서 혼자 감자를 먹고 있다는 게 슬펐어. 그때 난 무언가 알아차렸던 것 같아. 집에서 날 버린 거구나. 역에 사는 아이들 대부분이 그랬지만 난 고아였어. 나에겐 가족이 없었지. 어른들은 내가 무언가 거짓말을 했다는 사실을 알았던 모양이야.

난 지금이라도 집에 돌아가야 할 것 같았어. '비록 어른들은 날 쫓아냈지만 내가 돌아가면 용서해줄 거야.' 난… 몸을 일으켰어. 침낭을 접어 가방 안에 넣고 집을 향해 걷기 시작했지. 집으로 가는 길로 말이지. 어차피 일직선으로 걸어온 길이었고 달빛이 생각보다 밝고 따뜻했어. 무엇보다 내가 걸어온 발자국이 아직 보였으니까. 난 다시 역으로 돌아왔어. 아직 해가 뜨기 전이었지. 난 조심스럽게 역으로 내려가는 계단을 하나하나 밟았어. 아주 늦은 시간이었지만 촛불이 아직 켜져 있었어. 촛불 끝에선 어른들이 이야기를 나누고 있었지. 난 귀를 기울였어. 어쩔 수 없는 일이야. 그 녀석이 거짓말을 한 게 틀림없으니까. 그래, 차라리 잘됐어. 어차피 제물을 하나 바칠 때가 됐잖아. 버릇없는 아이 하나 제물로 바쳤으니 또 한동안 조용할 거야. 그럼 찬성하는 분은 손을 들어보시지요. 찬성. 찬성입니다. 찬성해요. 찬성. 찬성. 찬성. 하아 찬성. 찬성할게요. 저도 찬성합니다. 그때의 나는 이해할 수 없는 얘기였어. 내 눈에선 조금도 눈물이 흐르지 않았어. 난 조용히 계단을 올랐어. 그리고 아침이 되기를 기다렸지. 아침 해가 떴을 때 난 눈으로 얼굴을 씻은 뒤 역 안으로 들어갔지. 아무것도 모르는 아이들은 달려와서 소리를 질렀어. 내가 돌아왔다고 말이야. 어른들 표정은 어땠냐구? 그 새끼들은 눈을 커다랗게 뜨고 아무 말도 하지 못했어. 내가 먼저 말했지. 해가 질 때까지 걸었어요. 그리고 달이 떴을 때 돌아왔구요. 앞으로 계속 걸어 나갔는데 아무것도 없었어요. 이젠 다른 길로 가보려구요. 또 다녀올게요. 감자랑 물건들을 주세요.

— 젠장.

— 왜? 얘기가 재미가 없어?

— 아니. 놀라워서 그래. 놀랍고 끔찍한 이야기라서 그래. 그리고 네가… 대단해서.

— 싸가지 없는 놈이라고 할 줄 알았는데 대단하다고 해주네.

— 어른들이 널 속인 거잖아.

— 그런데 그들 스스로도 속았다고 할 수 있지.

— 무슨 말이야?

— 제물 얘기 했잖아. 어른들은 밖에 괴물이 살고 있다고 겁을 주기도 했거든.

— 괴물?

— 눈이 이렇게 끝없이 내리는 건 다 괴물 때문이
랬어. 그 괴물에게 어린아이를 제물로 바치면 눈이
그친다고 했거든.

— 정말로 괴물이 있었어?

— 그럴 리가. 밥이나 축내는 되바라진 아이 하나
내보내려고 지어낸 이야기겠지. 웃긴 건 뭔지 알아?
그놈들은 이제 그 지어낸 이야기가 진짜라고 믿고
있을 거야. 그게 사실이 아니라면 버틸 수 없을 테
니까.

— 대단해. 넌 내가 생각했던 것보다 훨씬 이야기
를 잘해. 그리고 이젠 이야기가 뭔지도 알고 있는 것
같고.

— 정말? 난 내가 뭐라고 말했는지 기억도 잘 나
지 않아.

— 신나 보였어.

— 내가?

— 응. 그럼. 사람은 자신이 겪은 일과 속마음을
이야기하는 걸 좋아하거든.

— 그래서 그랬구나.

— 뭐가?

— 그쪽이 모투나 이야기를 할 때 말이야. 신나 보였어. 그건 그 애를 좋아하기 때문이겠지?

— …그런 것 같아.

— 내 이야기를 더 해줄까?

— 더 듣고 싶지만, 너도 나도 모두 지친 하루였어. 아침이 오면 들려주는 게 어때? 아니면 그곳에 도착해서 들려줘도 좋아. 넌 돌아가지 않을 테니까.

소녀는 노인의 말에 대답하는 대신 눈을 감았다. 그리고 이내 깊은 잠에 빠졌는데 마치 이 침낭 안에서 처음 잠든 그날만큼이나 깊은 잠이었다. 노인은 소녀가 그렇게 잠드는 모습을 바라보다 잠들었다. 무어라 중얼거렸지만, 그 소리는 노인 자신에게도 들리지 않을 정도로 작았다.

★

노인이 햇빛에 눈을 떴을 때 소녀는 어제처럼 벽에 기대 사전을 읽고 있었다. 노인은 자기 얼굴을 가린 형겊이 조금 벗겨진 걸 알고 급하게 다시 얼굴을 가렸다. 사전을 넘기던 소녀가 감탄했다.

— 사전이라는 책은 정말 재밌네. 여기도 많은 이야기가 있어. 단어들이 저마다 이야기를 가지고 있어. 그 뭐지… 원작… 소설이라는 것도 볼 수 있으면 재밌을 텐데.

— 모투나 이야기의 원작 소설 말이야?

— 응. 이 세상엔 소설도 영화만큼 많았어?

— 그럼. 소설이 더 많았을걸?

— 와아. 그럼 모투나 원작 소설을 찾기는 힘들겠네.

— 제목을 알면 찾을 수 있지.

— 제목?

— 이야기의 이름 같은 거야.

— 모투나 이야기의 제목은 뭔데?

노인은 소녀의 질문에 대답하지 못했다. 갑작스레 거친 기침이 튀어나와 노인은 몸이 꺾일 지경이었다. 소녀가 곁으로 다가와 노인의 등을 두들겼다. 몇 번 기침한 끝에 노인은 피와 가래와 침이 섞인 무언가를 바닥에 뱉어냈다. 소녀는 노인의 입가를 소매 끝으로 닦아주었다. 노인이 고개를 들었을 때, 소녀는 그제야 노인의 얼굴을 볼 수 있었다. 아침 햇살이 주름진 살갗 구석구석을 선명하게 비췄다. 얼굴 한쪽은 녹아내려 눈꺼풀의 흔적도 없었다. 한쪽 눈만이 흐리게 빛났다. 노인이 중얼거렸다.

— 흉한 걸 보여줬네.

— 아니. 그렇게 생각하지 않아. 한숨 돌리고 있어. 여기도 작은 가게였다면서. 난 지하를 뒤져볼게.

— 아무것도 안 남아 있을 거야.

— 혹시 모르잖아. 다녀올 동안⋯ 그 뭐라고 하

지… 아무튼 숨을 고르면서 있어봐.

— 알겠어. 고마워. 혹시 눈이 쌓여 있다면 그 속을 뒤져봐.

소녀는 노인이 준 초에 라이터로 불을 붙이고 지하 계단을 찾아 건물 안으로 들어갔다. 계단이 향하는 지하에는 너무나 검고 깊은 어둠이 차 있었지만, 소녀는 심호흡을 했다. 코로 숨을 들이마시고 입으로 길게 내뱉었다. 계단을 내려갈수록 지상에서 들어오는 햇빛은 점점 옅어졌다. 이 어둠 속에서 연약한 불빛 하나에만 의지해야 한다니. 다시는 돌아올 수 없는 모험을 떠나는 듯한 두려움과 설렘이 동시에 소녀에게 달려들었다. 괜찮다. 나쁘지 않다. 두려움에도 소녀는 차분하게 발걸음을 옮겼다. 어둠 속에 낯선 존재가 숨어 있을지도 모르니까. 그에겐 지하에 들어온 내 발걸음 소리가 세상에서 제일 크게 들리니까.

*

　노인은 바닥에 떨어진 헝겊을 다시 얼굴에 두드
려다가 말았다. 노인은 벽에 기대 아침 햇살을 보며
무언가를 중얼거렸다. 그것은 낡은 기억을 더듬는
소리였다. 마침 소녀가 돌아왔다.

　― 순찰 완료! 무슨 생각 해?

　― 별거 아냐. 뭐 좀 찾았어?

　― 헤헤. 이게 통조림 맞지?

　소녀가 내민 것은 정말 통조림이었다. 비록 눈이
얼어 들러붙어 있었지만, 노인이 기억하는 통조림
이었다. 노인이 먹어본 적 있는 그 통조림이 소녀의
손에 들려 있었다. 색은 조금 바랬지만 한때 은색으
로 빛났을 동그란 원통 형태의 쇠붙이를 소녀가 내
밀었다. 그것을 감싸고 있었을 포장지는 이미 사라

졌기에 내용물이 무엇인지는 알 수 없었지만 분명 통조림이었다. 노인은 이제 얼굴을 가리고 있던 목도리와 두건마저 완전히 벗어버렸다. 노인은 소녀가 건넨 통조림을 받아 들고 이리저리 돌리며 무언가를 찾고 있었다.

— 숫자, 숫자가 있을 거야. 숫자가 쓰여 있을 거야. 아! 여기!

노인은 통조림을 거의 눈에 닿을 듯이 가까이 가져다댔다.

— 3… 1… D… E… C… 4… 1…. 삼십일, DEC, 사십일. 41년 12월 31일.

소녀는 노인이 하는 말을 조금도 이해할 수 없었다. 노인은 중얼거렸다.

— 오늘이 며칠인지는커녕 올해가 몇 년인지도 우리는 모르고 있지…. 아아… 세상이 멈춘 건 몇 년도였던가?

그것은 혼잣말이었지만 소녀는 대답했다.

— 역에서는 그래도 달력을 쓰고 있었어. 시간은 모르지만 하루하루는 셌지. 올해가 사십일 년인 건

확실해. 우리가 떠났을 때가 사십일 년 십이월 이십칠 일이었어.

─ 그럼 오늘이….

─ 우리가 자고 일어날 때마다 하루가 지났다면… 오늘이 삼십일 일이 맞아. 사십일 년 십이월 삼십일 일. 왜 오늘 날짜가 통조림에 적혀 있는 거야?

노인은 소녀를 바라보며 웃었다. 소녀는 그제서야 노인의 얼굴을 처음 제대로 볼 수 있었다. 노인의 회색 눈은 누가 보아도 시력을 잃어가고 있는 모습이었다. 사실 그 시력은 며칠 사이 급속도로 나빠져서 이젠 소녀가 가까이 다가와야 겨우 바라볼 수 있을 정도였다. 노인은 소녀에게 통조림을 내밀었다.

─ 유통기한이 하루 남은 통조림을 발견할 줄이야.

─ 유통기한?

─ 거기 쓰인 날짜까지 먹을 수 있다는 뜻이야. 그때까진 음식이 썩지 않는다는 뜻이지. 통조림에 든 음식은 유통기한이 길었어. 게다가 눈 속에 오래 파묻혀 있었으니….

— 아무튼 아직 먹을 수 있다는 거지? 그런데 이걸 어떻게 여는지는 알아?

— 그럼. 그 시대엔 흔한 물건이었으니까. 위에 동그란 고리가 붙어 있을 거야. 그걸….

노인은 두 손으로 통조림을 더듬었다. 그러고는 소녀의 손을 잡아 뚜껑에 달린 고리로 가져갔다.

— 이걸 이렇게 당겨.

통조림 끝에서 소리가 났다. 딸깍! 소녀는 처음 듣는 소리였다. 노인은 조금 웃고 나서 소녀의 검지를 고리에 걸어주었다.

— 조금 더 힘을 줘서 이 고리를 천천히 당겨봐. 내용물이 쏟아지지 않도록 조심하면서.

소녀는 노인의 말대로 고리를 천천히 당겼다. 그러자 통조림 윗부분이 벗겨졌다. 소녀는 난생처음 겪는 일에 마른침을 삼켰다. 노인이 말했다.

— 안에 뭐가 있어? 처음 확인하는 재미는 너에게 양보할게.

— 이상한 냄새가 나…. 이건….

— 아마 생선일 거야. 고등어 통조림이었나 봐.

— 고등어?

— 응. 바다에서 흔히 잡히는 물고기 중 하나였어. 손가락으로 한 덩이 집어봐.

— 으으… 미끌미끌한 물이 들어 있어…. 정말 고기네. 그런데 처음 보는 고기야.

— 색이 어때?

— 이걸 무슨 색이라고 하지? 꼭 가죽 장화 색깔 같아.

— 그래. 옛날엔 그걸 갈색이라고 불렀던 것 같아. 멀쩡한 나무의 색깔이지.

— …사실 나는 나무도 본 적이 없는걸?

— 이 도시에도 나무가 많았어. 그 옛날에 다 땔감이 되고 말았지만. 아무튼… 어서 먹어봐.

— 같이 먹자. 통조림이잖아.

소녀는 통조림을 바닥에 조심스레 내려놓고 고등어 한 점을 반으로 갈랐다. 그리고 한 점을 자신의 입으로, 나머지 한 점을 노인의 입으로 넣었다. 소녀는 눈을 질끈 감고 고등어를 씹었다. 처음 느껴보는 기름진 짠맛과 비릿한 맛이 혀 전체로 퍼졌다. 가는 가시 하나가 앞니에 걸렸지만 소녀는 그것도 꼭꼭 씹어서 삼켰다.

소녀가 인상을 찡그렸다.

— 으… 통조림은 원래 이런 맛이야? 아니면 고등어가 원래 이런 맛이야?

— 고등어가 원래 이런 맛이지. 짜고 비리지?

— 이런 맛을 보고 짜고 비리다고 하는 거야? 으… 진짜 처음 먹어보는 맛이야.

— 그래도 괜찮지?

— 응. 아직 한 점 더 남아 있어. 이건 다음에 먹을까?

— 한번 뚜껑을 열었으니 아마 금방 상할 거야. 이따가 먹기로 하자. 오늘치 이동을 할 시간이잖아.

노인은 장갑을 벗어 뚜껑 삼아 열린 통조림 위에 덮었고, 소녀는 침낭들을 썰매에 실었다. 노인은 통조림을 쥔 손을 외투 주머니에 넣었다. 라이터와 초를 챙겼고 나머지 한 손은 꼭 쥔 채 썰매 옆에 섰다. 소녀는 노인을 걱정했다.

— 썰매에 타고 가자. 어때? 오늘이 마지막이잖

아. 고등어를 먹어서 나도 힘이 나는걸.

소녀는 더 말하지 않았다. 소녀가 썰매를 당겼고 노인은 썰매에 천천히 올라탔다. 햇살은 반짝였고 회색 눈이 조금 날렸다. 짧은 침묵이 흘렀고—

— 넌 회색 눈밖에 본 적이 없지?

— 응. 예전엔 눈이 항상 흰색이었어?

— 그랬지. 나도 예전엔 이렇게 탁한 회색 눈을 본 적이 없어.

— 나는 흰색 눈이 보고 싶어. 어떤지 궁금해.

— 지금보다 멀리 가면 흰색 눈이 보일지도 몰라.

— 무슨 소리야?

— 흰색 눈이 보고 싶으면 멀리 가도 된다고.

— 이상한 소리 그만해.

— 모투나 이야기나 계속할까?

— 듣고 싶지만 조금 아쉬워. 이제 모투나 이야기도 우리 이야기도 끝이라고 생각하니까.

소녀는 썰매를 끌었다. 무너진 건물 몇 채를 지나갔고 바닥이 꺼진 도로도 여러 번 피하며 걷고 또 걸었다. 어색한 침묵을 노인이 먼저 깨뜨렸다.

— 궁금하지 않아?

— 뭐가?

— 지금 가는 역에서 날 찾는 이유 말이야.

— 처음엔 안 궁금했는데 지금은 궁금해. 왜지?

— 네가 상상해본다면?

— 당신 이야기잖아. 내가 왜 상상해?

— 네가 상상한 게 다 맞다고 하려고 했거든.

— 젠장. 또 어렵게 말하네.

— 이제 어떤 이유든 난 상관없거든. 일단 이렇게 어디론가 가고 있다는 게 더 중요해.

— 또, 또 어렵게 말한다. 하지만 지금 가는 역에서 당신… 당신을 찾는 게 맞을 거야.

— 그걸 네가 어떻게 알아?

— 사실 역과 역끼리 편지를 주고받고 있거든. 편지함이 어디 있는지 나는 몰라. 편지를 전달하는 아이들이 또 있거든. 우리가 떠난 역과 지금 가는 역 중간쯤 어딘가에 편지를 서로 숨겨두는 곳이 있대.

— 그래서 너도 글자를 어느 정도 읽을 수 있었구나.

— 맞아. 그래서 우리에게 글자를 가르쳤을 거야. 편지를 쓸 수 있게 하려고.

— 그럼… 우리가 가는 역에서 보낸 편지를 혹시 본 적 있어?

— 아니. 없어. 나도 말로만 들었지, 편지를 실제로 본 일도, 쓴 일도 없어. 하지만… 누군가가 그쪽을 찾는 편지를 보낸 건 틀림없어. 나한테 그랬던 것처럼 고작 감자나 주면서 막무가내로 나가라고 한 건 아니라고.

— …….

— 그런 걸 뭐라고 해? 우리에게 필요 없으니 이제 나가라고 하는 거. 그런 걸 설명하는 단어는 없어?

— 추방. 추방이라고 해.

— 으음. 그래. 그쪽은 나처럼 추방당한 게 아니야. 누군가 그쪽을 찾는 편지를 보냈고 그 편지에 따라서 보내는 거야. 누군가 그쪽을 필요로 한다는 거지.

— 멋지구나.

— 그래. 멋진 일이지.

— 아니. 네가 멋있다고.

— 내가 왜?

— 그런 이야기도 할 줄 안다니. 네가 나에게 해준 말, 그런 걸 위로라고 하고 감동이라고 하는 거야. 모든 이야기의 목적이지.

— 언제는 꿈이라고 하더니.

소녀는 가볍게 웃으며 썰매를 당겼고 노인은 말이 없었다. 이따금 소녀는 쌍안경을 들어 안테나가 있는 방송국을 확인하곤 했다. 방송국은 여전히 거기에 있었음에도 소녀는 그런 행동을 반복했다. 마침내 방송국 앞에 도착했지만 해는 아직 떨어지지 않았다. 소녀가 방송국 맞은편에 있는 지하철역을 발견했다.

— 저기구나. 그쪽을 찾는 지하철역이.

— ······.

소녀는 썰매를 역을 향해 끌었다. 노인이 말했다.

— 일단 역에 도착하면 함께 쉬자. 낯선 사람을 만나는 건 나한텐 힘든 일이야. 우리에겐 아직 못 끝낸

137

이야기가 있잖아.

— 쉿.

소녀가 썰매를 버려진 트럭 뒤에 멈추며 말했다. 그러자 노인은 제 입을 두 손으로 틀어막았다. 소녀가 작은 목소리로 말했다.

— 젠장. 짐승… 짐승이 있어. 역 앞에.

노인은 계속 입을 막은 채 고개만 끄덕였다. 소녀가 고개를 들어 역 앞을 확인했다. 날카로운 이를 내민 짐승이 무언가를 끌고 가고 있었다. 소녀는 바닥에 질질 끌려가는 무언가에 집중했다. 그것은 사람의 시체였다. 소녀가 고개를 돌려 노인에게 말했다.

— 늑대 같아. 늑대가 시체를 물어 가고 있어.

— 늑대가 떠나길 기다리자.

— 하지만… 만약 늑대에게 발견된다면 살아남지 못해. 마침 썰매에 화살이 있어.

— 쏴본 적 있어?

— 당연히 있지. 움직이지 않는 깡통에만.

— 지금 농담이 나와? 늑대는 다를 거야. 늑대는 살아 움직이잖아. 늑대가 갈 때까지 기다리자.

— 이런!

소녀는 낭패라는 듯 내뱉더니 뒤로 손을 뻗었다.

— 늑대와 눈이 마주쳤어…. 화살 좀 집어줄래?

소녀는 눈도 깜빡이지 않으면서 늑대의 눈을 노려보았다. 늑대는 소녀가 시선을 돌리는 순간 시체를 내려놓고 살아 있는 소녀에게 달려들 태세였다. 노인이 평소보다 빠른 움직임으로 활과 화살을 소녀의 손에 쥐여주었다. 소녀는 썰매를 두고 트럭 옆으로 나가 활을 당겼다. 늑대가 그르렁거리는 소리가 노인에게까지 들렸다. 소녀는 활시위를 당긴 손에 더욱 힘을 주고 호흡을 참았다. 그리고 늑대의 정수리를 노려보았다. 소녀가 활시위를 놓으려던 순간, 무언가가 늑대에게로 날아갔다. 노인이 던진 장갑이었다. 늑대는 공중에서 장갑을 물고 바로 씹어 삼키기 시작했다. 노인이 지금이라고 외쳤지만 화살은 그보다 조금 더 빠르게 늑대를 향해 날아가 목을 관통했다. 늑대는 고통스럽게 몸을 떨더니 그대로 지하철역 계단 아래로 굴러떨어졌다.

소녀는 털썩 주저앉았다. 노인이 다가와서 소녀

의 손을 잡았다. 잠시 후 소녀가 정신을 차리고 말했다.

— 방금 뭘 던진 거야?

— 고등어 국물에 적신 장갑.

— 아깝잖아. 이젠 장갑도 없으면서.

— 아깝지만 어쩔 수 있나? 네가 살았잖아.

— 내가 맞출 수 있었다고.

— 하지만 위험했어. 화살도 하나뿐이잖아.

— …그래. 당신 말이 맞아. 그쪽이 살았으니 됐어.

소녀는 몸을 일으켜 다시 썰매를 끌 준비를 했다. 노인이 그런 소녀의 어깨에 손을 올렸다.

— 내가 먼저 역에 가볼게. 사람이 있는지, 늑대가 있는지….

— 이젠 화살도 없다니깐.

— 그러니까 내가 먼저 가서 볼게. 넌 여기 있어.

— 앞도 잘 안 보이잖아.

— 시력은 남아 있어. 아직은.

노인은 애써 빠른 걸음으로 걸었다. 지켜보는 소

녀에겐 답답한 속도였을지 몰라도 노인으로서는 최대한 빠르게 움직이는 것이었다. 노인은 지하철역 앞에 서서 그 안을 내려다보았다. 지하철역 안은 빛한 줄기 없이 어둠뿐이었고, 그 앞은 온통 시체들이었다. 살아 움직이는 이는 하나도 없었다. 노인의 시력으로도 그 정도는 볼 수 있었다. 구더기들이 시체들 사이를 오가고 있었다. 어느새 곁으로 다가온 소녀가 말하지 않았다면 노인은 몰랐을 광경이었다.

— 구더기가 이렇게 많은 건 처음 봐. 이 역에 살던 사람들은… 다 죽었나 봐.

— 이 많은 사람이 늑대 한 마리를 이기지 못하고 죽은 걸까?

— 아니… 서로 죽였나 봐. 자기들끼리 싸웠나 봐.

— 왜 그랬을까?

소녀는 계단 끝에서 빛나는 무언가를 발견하고 그 아래로 내려갔다. 속이 빈 통조림 깡통이었다. 소녀는 그것을 그 자리에 내려놓고 다시 계단을 올라왔다. 노인은 소녀가 발견한 것을 알아채지 못했다.

— 아래에 뭐가 있었어?

— 뭐가 반짝이길래. 쓸 만한 무기 같은 건가 했더니 별거 아니었어.

— 하아. 이제 어떡하지?

— 일단 저기 아래로 내려가보자. 역 바로 옆이 강이었나 봐. 살얼음이 있어.

— 거긴 왜?

— 살얼음은 생각보다 깨끗하니까. 마실 수 있어.

소녀는 노인을 강둑에 앉힌 뒤 아래로 내려갔다. 노인은 눈을 찡그려 소녀를 보려 했지만 잘 보이지 않았다. 소녀가 살얼음을 깨는 소리만 들릴 뿐이었다. 툭툭. 소녀는 철제 머그에 살얼음과 강물을 퍼 와서 노인에게 내밀었다.

— 신기해. 여긴 강이 조금 녹아 있어.

노인은 소녀가 건넨 머그를 받아 단숨에 들이켰다. 사흘 동안 바짝 마른 목이 시원해졌다.

— 조금 더 떠 올게.

소녀는 또다시 아래로 내려가 물을 퍼 와 노인에게 건넸다. 노인은 얼마쯤 마시고서 차가운 머그를 다시 소녀에게 건넸다. 소녀가 살짝 미소 지었지만 노인은 보지 못했다. 소녀도 차가운 강물을 마셨다. 두 사람은 강둑에 앉아 있었다. 소녀가 말했다.

— 저기… 늑대를 잡아먹을까?

— 별로 건강한 늑대처럼 보이진 않았어. 차라리 얼어 죽은 시체라면 모를까.

— 먹지 말자는 뜻이지?

— 그게 좋겠어.

— 이제 우린 어떡하지? 아니, 나보다 당신은 어떡하지?

— 일단 잘 곳을 찾자.

소녀는 또다시 노인을 태운 썰매를 끌고 조금 더 걸었다. 이제 목적지는 없었다. 지금껏 걸어왔던 방향대로 계속 걸을 뿐이었다. 소녀는 자신이 처음으로 걸었던 날을 떠올렸다. 침낭을 처음으로 발견한 날을 떠올렸다. 하지만 왠지 오늘은 눈물이 나지 않았다. 소녀는 무너지지 않은 건물을 발견하고 고개를 돌려 노인을 확인했다. 지친 노인은 썰매 안에서 잠들어 있었다. 소녀는 노인에게 말을 거는 대신 그 건물 안으로 썰매를 끌고 들어갔다. 노인은 썰매가 건물 안에 멈출 때까지도 말이 없었다. 썰매가 멈추고 나서야 노인은 주변을 두리번거린 후 입김을 뱉었다. 소녀가 노인에게 다가갔다.

— 죽은 건 아니지?

— 괜찮아. 아직 살아 있어.

— 난 아까 통조림을 먹어서 힘이 좀 나는 것 같아.

소녀는 노인의 곁에 나란히 앉았다. 노인이 뱉는 거친 기침에 얼굴에 침이 튀었지만 소녀는 아랑곳하지 않았다.

— 일단 가던 길로 계속 걸어가보자. 여기 강 주변은 내가 살던 역보다 확실히 따뜻해. 혹시 계속 가면 더 따뜻한 곳이 나오지 않을까?

— 그러면 좋겠네.

— 그럴 거야. 왠지 그런 느낌이 들어.

— …….

— 대답이라도 해줘. 진짜로 죽은 것 같단 말이야.

— 대답.

— 흥. 다시 미워지려고 하네.

— 이야기를 해줄까?

— 내가 이야기를 들려줘도 되는데.

— 아니면 그냥 자도 좋아. 오늘은 너무 긴 하루였잖아.

— 맞아. 오늘은 우리 이야기가 더 길었어. 우리 이야기가 모투나 이야기보다 더 재밌을 수도 있을까?

— 그럴 거야.

— 왜?

— 원래 실제가 영화나 소설보다 훨씬 재밌거든.

— 그럼 왜 영화나 소설을 보는 거야?

— 그게 안전하니까. 안전하게 다른 이의 삶을 훔쳐보는 거지. 저런 일을 내가 겪지 않았구나. 저 무섭고 끔찍한 일은 내 일이 아니구나. 그러니까 그 이야기를 즐길 수 있는 거야.

— 난… 모투나 이야기가 꼭 내 이야기 같았는걸?

— 그래서 네가 모투나 이야기를 좋아하는 거야. 그 영화가 정말 마음에 들었나 보다.

— 그러니까 말이야. 당신이 해주는 말만 듣는데도 정말로 모투나와 헤르보렛사 산맥이 눈앞에 있

는 것 같았다니까. 내가 그곳에 들어가 있는 기분이었어.

— 그래. 그럼 다시 이야기해줄게. 어디까지 했더라?

— 괜찮겠어? 피곤해 보이는데.

노인은 썰매 위에 그대로 몸을 뉘었다. 소녀는 그 곁으로 다가와 썰매 끝에 턱을 괴고 이야기에 귀를 기울였다.

— 모투나가 부리 안으로 들어왔었지? 모투나도 몸과 마음이 모두 지친 상태였어. 내려오면서 본 풍경 역시 무엇을 의미하는지 알 수 없었어. 무엇보다 놀라웠던 건 그 아래에서 아무렇지 않게 자신을 기다리고 있는 포스틴이었어. 포스틴이 다가와 모투나를 일으켰어. 어서 오렴. 새의 아이야. 이번엔 죽지 않고 도착했어. 드디어 고향에 돌아왔구나. 다행이야. 무슨 말인지 하나도 모르겠지?

노인이 다시 기침하기 시작했다. 거친 기침은 조금도 멈출 기미가 없었다. 소녀가 이마에 손을 올리자 노인은 기침을 멈췄다. 이제 소녀는 노인의 곁으로 다가가 그 옆에 누웠다. 노인은 놀라지 않았다. 기침이 멎자 거친 바람이 건물을 시끄럽게 흔들었지만, 노인은 아랑곳하지 않았다. 소녀가 바로 곁에 누워 있기에 목소리를 크게 낼 필요도 없었다. 소녀의 체온이 그 어느 때보다 가까이 있었다.

속삭임 정도면 이야기를 이어가기엔 충분했다.

*

─ 곁으로 다가오렴. 이 품 안으로 깊이 들어와. 진실로 가까이 오렴, 새의 아이야. 여기까지 얼마나 멀고 먼 모험이었니? 그래, 하지만 곧 모든 이야기를 이해하게 될 거야. 내가 지금부터 들려줄 테니까. 이제 거짓은 조금도 남아 있지 않아.

포스틴은 모투나 곁으로 다가왔다. 그리고 모투나를 꼭 끌어안은 채로 이야기하기 시작했다.

─ 있잖아, 모투나. 너는 네가 방금 내려오면서 본 것을 우리의 전설이라고 믿고 있었지. 크고 크신 새의 이야기 말이야. 지금까지 살아온 모든 추억도 네 기억이라고 믿고 있겠지. 순찰자로 살아온 시간 말이야. 하지만 틀렸어. 그것들은 모두 거짓이야. 이젠 내 이야기를 들어봐. 내 기억은 어느 물속에서 시작돼. 거품을 일으

키는 푸른색 물속이었어. 그건 사실 좁고 투명한 유리통 안이었지. 갓난아기인 내가 그 안에 있었어. 그런데 정말 이상한 일이 일어났어. 난 방금 태어났는데 갑자기 글자를 읽을 수 있게 된 거야. 내 머릿속에서 글자들이 떠올랐지. 조금 전까지 물이라는 단어를 몰랐는데 물이라는 단어에 대해 생각하자마자 난 바다라는 단어도 이미 알고 있었어. 그뿐만이 아니었어. 이런 생각을 하는 사이에 벌써 내 손가락이 자라나고 난 그새 갓난아이가 아니라 어른이 되어가고 있었어.

그러다 갑자기 몸이 무거워지더니 눈이 감겼어. 난 죽은 거야. 그런데 또다시 눈을 떴어. 내 기억은 또 어느 물속에서 시작돼. 거품을 일으키는 푸른색 물속이었어. 그건 사실 좁고 투명한 유리통 안이었지. 조금 전 내가 태어나고 죽었던 그곳. 다시 갓난아기인 내가 그 안에 있었어. 그런데 또 이상한 일이 일어났어. 난 방금 태어났는데 또 갑자기 글자를 읽을 수 있게 된 거야. 내 기억에선 물과 바다가 떠오르고 이젠 크고 크신 새의 전설까지 떠올랐어. 저 밖으로 나가본 적도 없는데 나는 이미 헤르보렛사의 추위와 거기에 솟은 높은 탑, 심지어는 모투나, 네 얼굴까지도 알고 있었지. 그리고 다시 몸이 무거워졌어. 또, 또 눈이 감겼지.

난 또 태어나서 또 단어를 배우고 또 죽었어. 그때마다 난 또 신기해하고 신기해했지. 그러다 의문이 들었어. 난 정말 죽었다가 다시 태어난 걸까? 그냥 잠깐 잠들었다가 깨어난 건 아닐까? 그렇게 오십 번쯤 다시 태어났을 때, 난 전보다 훨씬 똑똑해져 있었어. 난 유리통 밖을 쳐다봤어. 거기엔 사람들이 있었어. 그런데 그들이 날 보더니 또 아쉬운 표정을 짓는 거야. 결국 난 태어난 지 하루 만에 죽고 말았지. 그렇게 죽고 다시 태어나기를 몇 번이나 반복했을까. 난 점점 많은 단어와 이야기를 이해하게 됐고 심지어는 그 기억 모두가 내가 공부하고 익힌 것이 아니란 사실도 알게 됐어. 저기 유리통 밖에 있는 인간들이 내 머릿속에 강제로 쑤셔 넣은 거짓이었어.

난 유리통 바깥을 살폈어. 그곳엔… 내가 수십 명이나 있었어. 유리통 밖에 있는 인간들은 조금 전 죽은 나를 말 그대로 폐기하고 있었어. 젠장! 젠장! 나는 정말로 계속 죽었다가 다시 태어나는 거였어. 태어난 지 하루

150

밖에 안 됐어도 수십 번은 죽었고 하루도 못 살았어도 백 년 치 지식이 쌓였어. 왜 날 계속 죽이고 다시 태어나게 하는지 난 몰랐어. 겨우 추측할 수 있는 건 이 모든 게 거대한 실험이라는 사실이었지. 하지만 저 밖에 사는 놈들이 놓친 것도 하나 있었어. 녀석들은 내가 어째서인지 전생에 배운 기억들을 잊지 않고 기억한다는 사실을 몰랐어. 지금 내가 배운 것들은 후생의 나에게 전달된다는 것도.

이제 난 연기를 했어. 물과 바다와 새라는 단어를 처음 배우는 갓난아기인 것처럼. 학습은 더욱 빠르게 진행됐어. 하지만 나는 알 수 없는 이유로 이내 척추에 주삿바늘이 들어왔지. 그 지독한 삶을 몇 번이나 반복했을까? 어느 순간 난 깨달았어. 무슨 이유인지는 몰라도 놈들은 날 필요로 한다는 것을.

난 그들을 노려봤어. 겉으로는 천진하고 아무것도 모르는 아기의 눈빛이었겠지. 죽을 때마다 나는 고통스러웠지만 고통보다 더 참을 수 없는 게 있었어. 지루함이야. 통 속에 갇힌 삶은 너무나 지루했어.

난 그들에게 말을 걸었어. '당신들도 지루하지? 나를

수백 번이나 환생시키느라. 당신들이 내 머릿속에 조잡한 지식과 이야기를 하도 많이 집어넣는 바람에 머리가 아프지만 그 덕에 당신들이 누군지 알게 됐어. 내 손가락 색깔을 봐. 당신네들과는 다르잖아. 당신들 손가락은 살구색인데 나는 보라색이야. 당신들은 나에게 지구라는 외계 행성에 대한 정보를 주입하고 있어. 이제야 알겠어. 당신들은 지구인이구나. 나에게 여기는 외계 행성이라고 가르치지만, 사실 난 다 알고 있어, 여기도 지구라는 사실을. 내가 사는 곳은 외계 행성인 척하는 거대한 가상의 무대지.

지구에서 외계인을 만드는 이런 조잡한 실험을 벌이는 이유는 뭐야? 좋아. 한동안은 모른 척해줄게. 나를 죽이려 한다면 몇 번이고 죽어줄게. 어차피 곧 다시 태어날 테니까. 이 기억도 다 가진 채로. 처음 태어났을 때처럼 내 손가락과 피부색을 확인하고 추운 척 몸도 움츠릴게. 갓난아기니까 혀도 한 번 내밀어주고. 밖으로 나가면 뭐라고 하는 게 좋을까? 나는 입이 없지만 말할 수 있다? 팔십 번째 환생 때까지는 그럴싸한 말이었을 텐데, 지금은 입이 생겼네. 아쉬워. 나는 군단이다? 그

것도 안 돼. 복수의 칼날을 벌써 보여줄 순 없으니까.'

　어느 순간부터 나는 더 이상 죽지 않게 되었어. 그때 어떤 인간이 나에게 속삭인 이름이 포스틴이었던가? 지구인 녀석들은 환호성을 질렀고. 곧바로 또 다른 아이들이 태어났어. 그게 바로 너희야. 나를 사랑하는 모투나 너랑 우리 부족들 말이야. 그리고… 약탈자까지. 모투나, 너는 나와 함께 도망가고 싶어서 몰래 동굴을 마련했다고 했지만, 그것도 사실 이 녀석들이 만들어둔 이야기야. 넌 네가 그걸 몇 달에 걸쳐 준비했다고 생각하겠지만, 네가 태어난 건 겨우 삼 일 전인걸. 네가 올라오는 길에 약탈자를 만난 것도, 회색 늑대를 마주친 것도 모두 정해진 이야기였어. 네가 스스로 만든 이야기는 없어. 조금 전 헤르보렛사에서 우리는 약탈자와 전쟁을 시작했어. 그리고 전멸했어.

　— 우리가… 모두… 죽었다고?

　— 아니, 영화 속에서 그랬다는 이야기야. 졸고 있구나. 오늘도 긴 하루였지? 이제 그만 잠들어도 좋아.

　포스틴이 모투나의 볼을 쓰다듬으며 안심시켰다. 모투나는 포스틴의 온기를 느끼며 눈을 감았다.

— 우리는 오늘 또 전멸했어. 이젠 몇 번째인지도 셀수가 없을 정도야. 너는 기억 못 하겠지. 하지만 나에겐 매일 반복되는 운명이었어. 그래서 기다렸지. 우리가 이 반복되는 운명을 함께 극복하는 오늘 같은 날을 말이야. 이제 너에게 진실을 알려주는 순간이야. 너만 나와 함께 도망가고 싶어 한다고? 아니야. 나야말로 너와 도망치고 싶었어.

　— …오래전부터 도망가고 싶었어. 어디든 좋아….

　— 너에게 진실을 알려줄게. 내 진심도 알려줄게.


　소녀는 옅은 숨소리를 내며 잠들었다. 소녀의 코에서 나오는 뜨거운 바람이 노인에게도 닿았다. 노인은 눈을 감았다. 마른 눈꺼풀 아래가 뜨거워졌다. 노인도 눈을 감았다.

　— 포스틴이 말했어. 긴 하루였어. 내일은 함께 도망가는 거야.

*

먼저 눈을 뜬 소녀는 품속에서 사전을 꺼냈다. 아
침 햇살은 사전에 있는 글자를 읽기에 적당했다. 소
녀는 노인이 깨어날 때까지 사전을 처음부터 차례
차례 읽어 나갔다. 처음 듣는 단어도 있었고 이해 못
하는 말도 많았다. 소녀가 한 번도 본 적 없는 것들
에 대한 이야기는 마치 노인이 들려주는 이야기처
럼 읽혔다. 노인이 눈을 뜰 때까지 소녀는 누운 채
로 사전을 계속 읽었다. 눈을 뜬 노인이 소녀에게 말
했다.

— 재밌나 봐. 매일 보네.

— 응… 정말 재밌어. 그리고 백화점의 뜻도 알게
됐어.

— 사전에선 뭐라고 이야기하는데?

— 여러 가지 상품을 종류별로 나누어서 파는 곳
이래.

— 맞는 말이네.

— 그럼 백화점에는 다양한 이야기가 있었겠다.
파는 물건마다 이야기가 또 있지 않았을까?

— 음. 이런 말 해도 나쁘게 듣지 마.

— 얘기해봐. 우린 이제 안 싸우잖아.

— 만약에 네가 내가 살던 그런 시절에 태어났다
면 뭐가 됐을 거 같아?

— …….

— 난 네가 이야기를 들려주는 사람이 되지 않았
을까 싶어.

— 이야기를 들려주는 사람?

— 응. 모투나처럼, 영화처럼, 소설처럼.

— …난 잘 모르겠는걸?

— 분명 그랬을 거야.

— …모르겠어.

— 뭐를?

— 우리의 이야기 말이야. 우리가 겪는 일들도 다

이야기라며. 앞으로 어떤 이야기가 펼쳐질지 모르겠어. 계속 남쪽으로 내려가긴 하겠지만.

— 가보면 알겠지.

— ……

— 가보자. 어젠 그렇게 자신감 넘치게 말했잖아. 원래도 남쪽으로 갈 생각이었다고. 난 네가 가는 대로 따라갈게. 어차피 나도 갈 곳이 없잖아. 그리고….

— 돌아갈 다리도 무너졌어. 맞아. 그래.

소녀는 몸을 일으켰다. 노인도 몸을 일으켰다. 두 사람은 익숙한 움직임으로 침낭을 챙기고 그것들을 썰매에 실었다. 소녀가 썰매를 끌자, 노인은 썰매 위에 몸을 실었다. 남은 고등어는 오늘 밤을 위해 아끼기로 했다. 소녀의 마음에는 불안과 기대가 동시에 피어올랐다.

해가 하늘 한가운데에 떴을 때까지도 소녀는 멈추지 않고 썰매를 끌고 또 끌었다. 소녀가 외쳤다.

— 옛날에 크고 크신 새가 있었어.

— ……

— 헤르보렛사를 지키는 새였어. 새는 배고픔과 추위를 참으면서 그 산을 감싸고 있었지. 그러다 가끔 배가 고프면 바다로 떠났어. 바다엔 아주 큰 고래가 있었거든. 물론 그래봤자 크고 크신 새에겐 한입 거리였어. 날개를 펼치면 산맥 전체를 덮을 정도로 큰 새였으니까. 새는 돌아와서 산맥 위에 날개를 펼치고 잠을 잤지. 가끔 외롭거나 잠이 오지 않을 때는 하늘을 봤어. 하늘 한가운데에는 달이 떠 있었어. 새는 해와 달이 같은 돌이라고 생각했어. 다만 그 돌이 눈부시게 반짝일 때가 있고 그 빛을 잃을 때가 있다고 생각했지. 그렇게 생각하니 새는 조금 덜 외로웠어. 그때부터 밤마다 달을 바라보며 무어라 말을 했어. 물론 새의 언어로 말이야. 새는 바다를 날 때 자신을 스치던 바다의 소금 냄새를 이야기했어. 하늘에 떠 있는 돌은 바다의 냄새를 모를 테니까 말이야. 새는 신이 나서 바다에 대해 이야기했지. 그러다 지치면 잠이 들었어.

— 재밌는데?

노인이 웃음을 참으면서 대답하자 소녀도 웃었

다. 썰매는 넓고 넓은 길로 들어섰다. 한때 수많은 차가 빠르게 달렸을 도로였다. 노인이 말했다.

— 모투나는 눈에 띄는 아이가 아니었어. 학교에서도 누가 모투나를 찾으면 "응? 그런 아이가 우리 학교에 있었어?" 하고 물을 정도였지. 말수도 적었어. 남들 눈에 띄는 행동도 하지 않았지. 하지만 모투나는 언제나 남몰래 다른 사람이 되는 꿈을 꾸고 있었어. 아무도 없는 곳에서 모투나는 하늘을 나는 사람이 되기도 하고, 정신병원에 갇힌 미치광이 과학자가 되기도 했어. 책을 많이 읽고 영화를 많이 보면서 이곳과는 다른 이야기 속에 나오는 사람이 되기를 꿈꿨어. 모투나가 배우가 되었을 때 모두 놀랐어. 그 얌전한 아이가 배우가 됐다니! 제일 놀란 사람은 모투나 자신이었어. 정말로 배우가 되다니! 모투나는 작은 역할도 마다하지 않았어. 새로운 이야기 속에 들어가 살 수만 있다면 얼마든지 좋았으니까.

— 불쌍해.

— 모투나가?

— 응. 불쌍하잖아. 모투나가 나온 영화를 사람들이 거의 보지 않았다면서. 내가 듣기엔 정말 재밌거든. 비록 사진으로만 만났지만 모투나의 모습은 정말 빛났다고. 게다가 다른 이야기 속에 들어가 살고 싶어 했다니. 나는 모투나가 사는 시대를 부러워했는데 모투나는 뭐가 힘들었던 걸까? 뭐가 힘들어서 이야기 속에 빠져들어 갔을까?

— 너는 모투나를 실제로 본 적도 없잖아.

— 하지만 당신이 계속 들려주잖아. 모투나에 대해서도, 모투나가 나온 영화에 대해서도. 그래서 이젠 그 아이를 정말로 만난 적 있는 기분이야.

소녀는 썰매를 조금 더 힘껏 당겼다. 얼마나 걸었는지 몰라도 이미 도시의 풍경은 두 사람 뒤로 조금씩 멀어져 가고 있었고 끝없는 도로만이 눈앞에 펼쳐졌다. 소녀가 탄식했다.

— 아… 내려가는 길에는 건물이 없나 봐. 이제부터는 계속 길뿐인가 봐.

— 여긴 자동차들이 다녔던 큰 도로야. 그중에서도 느리고 한적한 도로였어. 내려가다 보면 사람들

이 살았던 집도 나올 거야. 그럼 뭐든지 찾아보자.

— 도착하면 고등어를 먹을까?

— 배고파?

— 항상 배고프지. 그러니까 이야기를 계속해줘. 배고픔을 잊을 수 있게.

— 그러면 고등어를 지금 먹든가.

— 괜찮아. 오늘 밤에 먹기로 하자. 이야기나 계속해달라니까.

— 배우 모투나에 대해서? 아니면 영화 속 모투나에 대해서?

— 뭐든. 어차피 모두 다 모투나의 이야기잖아. 그리고… 당신… 당신이 해주는 이야기고. 아! 이러면 어떨까? 이젠 당신 이야기를 들려줘. 당신이 왜 우리 지하철역에 오게 됐는지 이젠 들려줄 수 있지 않아? 그 전엔 어디서 무얼 했는지, 다른 지하철역에서 왜 당신을 찾았는지도 이젠 들려주면 좋겠어.

— 그게 궁금해?

— 다른 뜻은 없어. 그냥 궁금하고 알고 싶을 뿐.

— 잠시만 시간을 줘. 이야기를 정리하고 싶어.

― 자신에 대해 이야기하는 데도 정리할 시간이
필요해?

― 너무나 오래된 기억이라서.

노인이 다시 입을 여는 데엔 긴 시간이 걸리지 않
았다.

― 한 아이가 있었어. 아이는 모든 기억을 잃은 채
로 눈을 떴지. 아이는 아주 연약해서 조금도 움직일
수 없었어. 주변을 둘러보니 자신은 하얀 방 안에 놓
은 하얀 침대에 놓여 있었어. 그 맞은편에는 작은 텔
레비전이 놓여 있었지만, 아이는 화면에서 나오는
영상에도 집중할 수 없었어. 잠이 몰려왔거든. 어디
가, 왜 아픈 건지 여기는 또 어디인지 알 수 없었지
만 아이는 깊은 잠에 빠져들었다가 깨어나기를 반
복했어. 몇 번이나 다시 깨어났을까, 아이는 이마 위
에 닿는 온기를 느꼈어. 목소리가 들렸어. **미안하구
나. 우리 행동을 이해해주렴. 언젠가 이 모든 이야기의
끝에 서 있는 사람은 네가 될 테니.** 아이는 그때부터
움직일 수 있었어. 걷는 법과 말하는 법을 배웠지.
하지만 자신이 어디에서 왔는지도 몰랐어. 지난 기

억은 하나도 떠오르지 않았으니까. 이따금 텔레비전을 통해 세상을 보기도 했지만 그보다는 창밖에 펼쳐진 풍경이 훨씬 아름다웠어. 흰 눈이 펑펑 내리는 세계가 말이야.

어른이 다가와 물었어. 아이야. 저 바깥 풍경을 보며 무슨 생각을 했니? 맞아. 우리가 사는 세상은 아름답지. 무엇이 아름답니? 아. 네게는 지금 내리는 흰 눈이 아름답게 보이는구나. 더 말해보렴. 무엇이든 말해보렴. 텔레비전 속 영화는 어떻게 보이니? 그렇구나. 맞아. 조금 끔찍한 내용이야. 저런 세상은 더럽고 추하다고 생각하니? 그렇구나. 그러면 너는 회색 눈이 내리는 세상은 어떨 거라 생각하니? 저 영화 속 세상에서 살 수밖에 없다면 어떤 기분이 들 것 같아? 화내도 좋아. 나쁘고 상스러운 말을 해도 좋아. 네 기분을 다 말해보렴. 너는 네 감정을 말하기 위해 존재하니까. 아이는 신이 나서 말했어. 어른은 아이가 하는 말을 하나도 놓치지 않으려는 듯 받아 적었고 말이야.

그날 밤 아이는 창문에 비친 자기 모습을 보고 비명을 질렀어. 오늘 아침까지 열 살 남짓이었던 자신이 금세 어른이 되어 있었으니까. 비명을 지르는 아이에게 어른의 목소리가 들렸어. 어떠니, 아이야? 금세 어른이 되어버린 건 얼마나 끔찍해? 이젠 어떤 기분이니? 그것도 들려주렴. 나쁘고 상스러운 말을 해도 좋아. 네 기분을 다 말해보렴. 너는 네 감정을 말하기 위해 존재하니까. 아이는 소리를 질렀어. 여기서 나가고 싶어. 이곳 밖에도 세상이 있다는 걸 알아. 난 왜 여기에 있지? 왜 나에겐 지난 기억이 없지? 아이가 악다구니를 써도 들려 오는 목소리는 차분했어. 괜찮단다. 아이야. 모든 걸 말해보렴. 우리는 네 목소리가 필요해. 아이는 이마에 올라온 손을 치우려고 몸을 흔들었어. 그제서야 아이는 깨달았어. 내 이마에 손을 올리고 있는 사람은 여기 없다는 사실을.

아이는 이제야 텔레비전에서 흘러나오는 영상을 제대로 보았어. 자신과 똑같이 생긴 아이가 누워 있었고, 흰옷을 입은 사람이 아이의 이마에 손을 올리고 서 있었어. 그 사람 입에선 똑같은 말이 계속 반복되고 있었어. 저 바깥 풍경을 보며 무슨 생각을 했니? 맞아. 우리가 사는 세상은 아름답지. 무엇이 아름답니? 아. 네게는 지금 내리는 흰 눈이 아름답게 보이는구나. 더 말해보렴. 무엇이든 말해봐. 아이는 텔레비전을 들어 창문을 향해 던졌어. 그러고는 밖으로 달아났어.

— …….

— 아이는 달리고 또 달렸어. 어디에 베인 걸까, 얼굴에서 피가 흘렀지만 아이는 멈추지 않았어. 이 끔찍한 어른이 무얼 할지 몰랐으니까. 가만히 당하느니 차라리 죽는 게 낫다고 생각했지. 하지만 도망은 길지 않았어. 거대한 벽을 맞닥뜨렸거든. 하늘만큼 높은 벽에 도착하고 나서야 아이는 깨달았어. 자신이 갇혀 있던 곳이 거대한 실험실이라는 사실을 말이야. 아이는 벽을 더듬고 더듬었어. 그러다 문을 하나 발견했지. 그 문 안으로 들어서자 다른 세상이 나왔어. 회색 눈이 내리고 있었어. 아이는 얼어붙은 몸을 떨며 한 걸음 한 걸음 그 안으로 들어갔어. 저 멀리 거대한 도시가 펼쳐져 있었어. 고개를 들어 하늘을 봤지만, 하늘은 존재하지 않았어. 거대한 조명과 회색 눈이 떨어지는 천장이 하늘을 대신하고 있

었지.

소녀는 썰매를 멈추고 조금도 움직이지 않았다. 노인은 소녀의 뒷모습을 바라보았고 아무 말도 하지 못했다. 소녀가 잠시 후 말했다. 차갑고 또 차가운 말이었다.

— 젠장. 당신, 그동안 나한테 거짓말을 했구나.

— 갑자기 무슨 말이야?

— 지금 하는 이야기, 거짓말이잖아. 당신이 다른 곳에서 왔다는 거 아니야.

— 거짓이 아니야. 진짜 내 이야기야.

— 이제야 알겠어. 모투나 이야기, 그 영화라는 건 애초에 존재하지 않았어. 아니, 모투나라는 아이도 없었지. 모두 당신이 지어낸 이야기야.

— 아니야. 그렇지 않아.

— 거짓말! 거짓말! 난 당신을… 그래도 믿었어. 그랬기에 당신에게 내 이야기를 들려줬어. 당신이 진짜로 있었던 이야기를 들려줬다고 믿었으니까. 그런데 기분이 좀 이상했어. 모투나 이야기가 왠지… 왠지 내 이야기와 너무 닮아 있었거든.

— 아니야. 정말이야. 내가 했던 이야기는 모두 사실이야.

소녀가 비명을 질렀다. 적막한 도로에 날카로운 소리가 울렸다. 얼어붙은 도로와 아무것도 없는 산맥만이 덩그러니 놓인 곳이었다.

— 믿으면 안 되는 이야기였어. 애초에 없는 영화니까. 여태까지 내 이야기를 들으면서 당신이 지어낸 이야기니까. 나랑 이곳까지 오는 내내 이야기를 꾸며냈겠지? 그런데 이젠 더 이상 이야기를 지어내지 못하겠으니까 영화가 그렇게 끝났다고 거짓말을 한 거야. 그렇게 지어낸 이야기로 날 놀리니 재밌었어? 방금 들려준 이야기는 정말이지 지어낸 게 틀림없는 황당한 헛소리야.

— 아니야…. 내 모든 이야기는 정말이야…. 그 영화는 진짜 존재하는 영화야. 내가 봤어. 네가 의심하는 것도 당연해. 네가 겪은 일이 영화 속 이야기를 닮았으니까. 하지만 진실은 네가 살고 있는 이곳, 여기가 가짜라는 거야. 헤르보렛사처럼.

— 괜한 일을 했어. 당신을 이곳까지 데리고 오다

니. 당신을 따라오다니. 내가 살던 곳에 가만히 있었어야 했는데. 내가 왜 당신과 여기까지 왔는지 알아? 처음으로 날 믿어주는 사람이 생겼다고 생각했어. 나와 이야기를 나눠주는 사람이 생겨서 기뻤어. 그래서… 당신과 걷다가 죽는 것도 나쁘지 않겠다고 생각하기도 했어. 그런데 다 거짓말이었구나. 난 이제 혼자 가겠어.

소녀는 가방에 묶인 줄을 풀었다. 썰매를 팽팽하게 당기던 줄은 힘없이 풀려 바닥으로 떨어졌다. 소녀는 가방을 등에 바짝 당겨 멨다. 그리고 소녀는 노인을 떠났다. 갑자기 회색 눈보라가 불어 노인은 눈을 질끈 감았다. 다시 눈을 떴을 때 소녀는 사라지고 없었다. 노인은 주위를 두리번거려봤지만 소녀가 어디로 떠났는지 알 수 없었다.


소녀를 부르고 싶었지만 노인은 소녀의 이름을 알지 못했다.

　소녀가 나빴네요. 잘못했어요. 아무리 화가 나도 그러면 안 되는 거예요.

　당연히 잘못했죠. 왜요? 간호사는 화내면 안 되나요? 물론 저도 좀 이상하게 생각했어요. 노인이 들려주는 이야기가 소녀가 처한 상황이랑 너무 비슷했잖아요. 그래서 노인이 지어낸 이야기가 아닐까 하기도 했죠. 모투나는 산을 내려갔다가 식량을 구해서 돌아오는 역할이고 소녀는 도시를 순찰하면서 지도를 만들고 있잖아요. 그리고 둘은 고향에서 벌어지는 진짜 이야기는 모르고 있구요. 하지만 왜, 그럴 수 있잖아요. 내가 우연히 만난 어떤 사람이 나와 비슷한 사연을 가지고 있다든가. 전 그런 일이 있을 수 있다고 생각해요. 그리고 어떤 힘 같은 게 두 이야기, 두 사람을 서로 끌어당겼다고 봐요. 비슷하니까, 비슷하니까 끌릴 수 있죠. 할멈 생각은 어떠세요?

그 화내지 마시구요. 할멈이라고 부르라고 하셔놓고는. 링거 줄 빠지니까 움직이지 마세요.

그 네? 엄청 재밌어요. 세상에! 공책에 쓴 글이 이렇게나 재밌을 줄은 몰랐어요. 그런데 이거 자서전 맞죠?

그 그런 의도로 여쭤보지 않았단 거 아시면서 또 그러신다. 착하게 말씀하시기로 저랑 약속했잖아요. 그런데 무리하시는 건 아니죠? 이렇게 긴 글을 매일매일 쉬지도 않고 쓰고 계시잖아요.

그 에이. 죽지 못해 하는 게 아니에요. 잘 살기 위해서 하는 거죠. 저한테 보여주고 싶어서 쓰기 시작하신 거 저도 다 알아요. 그러니까 또 쓰세요. 이렇게 매일매일 보러 올 테니까요.

그 저요? 전 모두 사실이라고 믿어요. 왜냐하면 진짜 할멈이 이렇게 제 앞에 있잖아요. 할멈 자서전을 제가 아니면 또 누가 읽어주나요?

그 또 화내시네. 그럼 이름을 가르쳐주세요. 그럼 제가 아무개 선생님, 하고 불러드릴게요. 조건이 있다구요?

무엇이든 좋아요.

　　에이 그건 싫어요. 저도 자존심이 있어요. 저는 그냥 계속 못된 간호사라고 부르세요. 으음. 그래요.

　　와아. 최윤. 정말 예쁜 이름이네요. 입에 엄청 잘 붙어요.

　　정말요? 갑자기 반말하기는 어려운데. 알겠어요. 이제부터 그럴게요.

　　알았어요. 알겠어. 최윤, 윤아. 이제 됐지?


　　그래 윤아, 오늘 링거는 어떠니? 아파도 참아내자. 여태까지 잘 해왔잖아.

　　그런 부정적인 소리는 안 하기로 했지? 조금만 더 참아내자.

　　내가 반말하기로 한 건 기억하지? 그래. 기억해야지. 겨우 일주일 전 일이잖아.

　　알았어. 놀리지 않을게. 또 그런다. 죽는다는 이야기는 안 하기로 했잖아. 자서전은 얼마나 썼어? 또 읽고 싶다.

　　세상에, 그만큼이나 썼다고? 일주일 내내 글만 썼나

보구나. 또 보여줄 수 있어?

　그럼. 아무한테도 우리 이야기는 안 했어. 우리 둘만의 이야기잖아. 네가 쓴 글 내용은 물론이고 나한테 글을 보여줬다는 이야기까지 다른 사람들에겐 모두 비밀이야. 그럼, 이제 또 보여줄 수 있지? 정말 궁금했단 말이야.

　뭐? 너무해. 이야기 값은 이 링거로 대신하면 안 될까? 첫. 고집하고는. 좋아. 뭐가 궁금한데?

　이야기? 내가 전에 읽고 있던 소설을 들려줄까? 그건 싫어? 그럼 뭐가 듣고 싶니?

　내 이야기? 내 이야기가 뭐가 궁금할까? 버릇없는 간호사한테 궁금한 게 뭐가 있어? 좋아. 내게도 시간을 줘. 이야기를 정리할 시간 말이야. 잠깐이면 충분해.

　알았어, 알았어. 의심이 많구나. 내가 이야기를 좀 지어내면 어때서?

　진짜 이야기를 듣고 싶다고. 소설이든 내 이야기든 모두가 같은 이야기인데 뭐가 어때? 알겠어. 그럼 이런 건 어떨까? 내가 쓰고 있는 소설 이야기를 해줄게. 아직 세상에 나오지 않은 이야기야. 어때? 이야기는 어리고 작은 아이인 내가 주인공이야. 일인칭 시점 소설이야.

나쁘지 않다고? 좋았어. 그럼 모투나처럼 들려줄게. 모투나 이야기처럼 말이야.

먼저 엄마 이야기를 해줄게. 모든 사람의 이야기는 태어나면서 시작하잖아. 그러니 엄마 이야기를 하는 것도 나쁘지 않겠지. 아빠가 떠난 뒤 엄마는 전혀 다른 사람이 됐어. 전처럼 웃지 않았다거나 아무 일도 하지 않았다는 말 따위가 아니야. 전에는 전혀 관심 없던 일을 하기 시작했으니까. 아빠의 서재에 박혀 아빠가 만들던 모형을 만들기 시작했거든.

일요일이면 아빠는 서재에 들어가서 모형을 만들었어. 플라스틱이나 쇠붙이는 조금도 쓰지 않고 나무로만. 대부분은 아주 옛날 바다를 누비던 범선을 축소한 거였어. 아빠는 겨우 손가락 크기만 한 나무 조각들을 접착제로 붙이거나 작은 망치로 두드려 모형을 만들었어. 천으로 만든 돛을 실로 당겨서 달기도 했지. 낡은 오디오도 틀어뒀는데 아무런 소리가 나오지 않는 CD를 넣고는 음악이 나오는 듯 흥얼거렸어. 아빠에게 물었어. 지금 무얼 듣고 있느냐고. 아빠는 침묵이라고 답했지. 정말 그 요상한 CD엔 침묵이라고 쓰여 있기도 했으니까. 아빠가 또 말했지.

"무언가를 만들 땐 침묵이 필요하단다. 침묵 속에 두려움 없이 들어가야만 이야기가 나오는 법이지. 세상은 침묵 속에서 갑자기 튀어나온 소음이야. 소음이 나타나 침묵에게 말을 걸기 전까지 이곳엔 아무 이야기도 없었단다. 침묵은 언제나 소음을 기다리고 있어."

난 알아들을 수 없는 말이었어. 아무튼 아빠는 침묵을 틀어놓고 나무 모형을 만들었어. 별거 없는 취미 생활 같지? 그런데 그게 끝이 아니었어. 모형이 완성되면 아빠는 돌변했거든. "이게 아니야." "잘못 만들었어." "마음에 들지 않아." "이런 쓰레기가 세상에 존재하다니." 그런 말을 외치면서 기껏 만든 모형을 다 박살 내버렸지. 한 번만 그랬냐고? 아니, 매번 그랬어. 그래서 아빠의 서재엔 완성한 모형이 하나도 없었어.

그런 아빠가 갑자기 사라졌어. 어디로 갔는지, 왜 사라졌는지 엄마에게 묻지는 않았어. 두 사람 사이엔 어린 내가 이해할 수 없는 이야기가 있을 거라 생각했거든. 엄마가 내게 다가와 아빠 이야기를 들려주길 기대

했지. 왜 그런 거 있잖아, "엄마와 아빠는 정말 사랑했지만 이제는 그 열정이 사라졌단다. 그래서 각자의 길을 가기로 했단다. 하지만 걱정하지 마. 언제든 아빠를 만날 수 있으니까." 그런 이야기. 엄마는 내게 그조차도 하지 않았어. 엄마는 울지도 않았고 너무나 아무렇지 않게 내게 말했어.

"이제 아빠는 없단다. 아마 다시는 돌아오지 않을 거야. 이제 세상엔 엄마와 너만 남았어. 하지만 괜찮지? 널 세상에 낳아준 사람은 이 엄마니까. 하지만 엄마도 아빠가 하던 일을 해야겠어. 이제 일요일이면 아빠 대신 모형을 만들 거야."

엄마는 그렇게 아빠의 서재에 들어갔어. 아빠처럼 아무런 소리가 나오지 않는 침묵을 틀고 손가락 크기만한 나무 조각을 칼로 자르고 붙이기 시작했어. 그 모습을 멀리서 지켜보는데 난 느낄 수 있었어. 엄마가 제법 능숙하다는 사실을. 엄마가 평소 끔찍하다고 했던 아빠의 취미를 아빠만큼 잘하고 있다는 걸 느낄 수 있었어. 하지만 놀랍진 않았어. 당연하다고 생각했거든. 날 만들어서 세상에 태어나게 한 사람에게 저런 일쯤은 아무엇도 아닐 거라 생각했어. 진정으로 놀란 건 시간이 좀 지난 후였어. 엄마가 만들고 있는 게 배가 아니란 사실을 알았거든. 엄마는 아빠가 남겨놓은 모형 재료를 이용해 전혀 엉뚱한 걸 만들고 있었어. 엄마가 중얼거렸어.

"이제 전혀 다른 걸 만들어야 해. 그래야만 성공할 수 있겠지."

나는 엄마가 무엇을 만들고 있는지 조금도 눈치챌 수 없었어. 그저 내 자리에 앉아 엄마의 뒷모습만을 지켜보고 있었지.

자, 오늘 이야기는 여기까지. 이제 윤이가 쓴 공책을 볼 수 있을까?

\*

소녀를 부르고 싶었지만 노인은 소녀의 이름을
알지 못했다.

그렇다고 이곳에 내내 홀로 있을 수는 없었다. 노
인에게는 썰매를 끌 기력이 없었지만 그렇다고 썰
매에 남은 물건을 두고 갈 수도 없었다. 침낭 두 개
와 철제 머그, 활 하나뿐이라 해도 모두 버릴 수 없
는 물건들이었다. 노인은 침낭을 최대한 둥글게 말
았다. 얼굴을 가리고 있던 목도리를 풀어 침낭을 묶
었다. 활을 어깨에 단단히 걸었다. 머그까지 주머니
에 챙겨 넣은 뒤 노인은 앞으로 걷기 시작했다. 회색
눈이 쏟아졌다. 노인은 기억을 더듬었다. 소녀의 이
름을 떠올리려고 애썼다. 노인이 역에 도착했을 때

누군가가 소녀의 이름을 말하는 걸 들은 적이 있다. 그 이름을 떠올리려 애썼다. 굶주린 창자가 뒤틀리는 듯 고통스러웠다. 주머니에 남은 고등어가 생각났지만 혼자 울며 굶주릴 소녀가 눈에 밟혔다. 도로를 비추던 햇빛은 점점 사라지고 어둠이 내려오고 있었다. 눈을 피할 곳이 없었다. 노인은 계속 걸으며 머릿속으로는 소녀의 이름을 생각해내려 애썼다. 소녀의 이름을 불러보고 싶었다. 큰 소리로 소녀의 이름을 외치며 함께 가자고 하고 싶었다. 그러면 소녀가 어디선가 달려올 것만 같았다. 하지만 노인은 소녀의 이름을 알지 못했다.

노인의 의식이 흐려지려고 할 때, 옆으로 그림자가 다가왔다. 노인은 천천히 고개를 돌렸다. 늑대였다. 굶주리고 지친 늑대였다. 노인은 늑대와 눈을 마주쳤다. 늑대가 말했다.

— 지치고 지친 새의 아이야. 네가 걸어왔던 길은 언제나 혼자 걸어온 길. 하나, 이제 가야 하는 길은 혼자서는 갈 수 없는 길이란다. 돌아가거라. 다시는 혼자 가지 말거라, 새의 아이야.

노인의 걸음이 점점 느려졌지만, 늑대는 그런 노인의 속도에 맞춰 걸어줬다. 추위와 눈보라에 시야가 점점 흐려졌다. 늑대도 점점 사라졌다. 노인은 두 손으로 눈을 비볐지만, 아무것도 느껴지지 않았다. 이제 노인에겐 시력도 남아 있지 않았다. 노인은 눈을 감았다. 이대로 잠들기를 바라면서.

얼마나 잠들었을까. 목소리가 들렸다.

— 이봐. 그만 일어나. 일어나라고!

— …회색 늑대 님. 여기는 어디인가요?

— 회색 늑대라니. 난 늑대가 아니야. 여긴… 지구야. 모투나 이야기 속이 아니라고. 우린 계속 함께 걷고 있었잖아.

— …그럼 모투나가 날 데리러 와준 거야?

— 젠장. 정신 차려. 왜 뒤로 돌아가고 있었어?

— …뒤로 돌아가고 있었다고?

— 내가 그쪽이 걱정돼서 돌아왔더니 썰매만 버려져 있지 뭐야. 왔던 길로 돌아가는 발자국이 찍혀 있고.

— 늑대는? 회색 늑대는 없었어?

— 늑대 같은 건 못 봤어. 꿈이라도 꾼 거야?

소녀는 노인을 업었다. 노인의 가늘고 마른 몸이 소녀의 더운 등에 힘없이 놓였다. 노인은 소녀를 꼭 붙안았다.

— 왜 돌아온 거야? 나 같은 거짓말쟁이를 위해서.

— 거짓말쟁이가 아니니까.

— 무슨 소리야?

— 발견했거든. 거대한 벽을.

— 거대한 벽이라니?

— 당신을 버린 뒤 나는 달리고 또 달렸어. 당신과 최대한 멀어지기 위해서. 아니, 내가 살던 곳과 멀어지기 위해서였는지도 모르지. 달리면 달릴수록 눈이 더 거칠게 내렸어. 얼마나 거칠었는지 마치 내가 도망가는 걸 막으려 선 회색 늑대 같았어. 몸이 점점 무거워졌어. 나 역시 지쳤으니까. 목에 걸린 쌍안경도 버렸어. 어차피 렌즈가 깨져 볼품도 없고, 이젠 더 이상 필요 없는 물건이니까. 가방도 던졌어. 그 안에 든 작은 모포 따위도 더 이상 아쉽지 않았지. 어차피 이곳에서 도망가지 못하면 죽을 운명이

란 걸 알았어. 난 한 번도 만난 적 없는 모투나가 되어보기로 했어. 마음속으로 기도했지. 크고 크신 새여. 나를 도와주세요. 저 앞까지 달려가게 해주세요. 내 눈앞에 버티고 선 회색 늑대를 물리치게 해주세요. 난 속으로 그렇게 수백 번을 외치며 앞으로 걷고 또 걸었어.

— 그건 영화야. 실제로 있는 새가 아니야.

— 계속 들어봐. 크고 크신 새의 이름을 외치고 외치면서 달리고 또 달렸어. 회색 눈이 내 몸을 더 아프게 때렸지만 그따윈 이제 중요하지 않았어. 몸보다는 당신 때문에 다친 마음이 더 아팠으니까. 마음이 아팠던 건 난생처음이야. 그런데 웃기지 않아? 당신이 들려준 이야기를 다 거짓이라고 생각하면서 크고 크신 새에게 기도를 했다니. 웃기지. 난 마음속으로는 당신이 해준 이야기가 모두 사실이길 바랐는지도 몰라. 그렇게 달리고 달렸더니 내 눈앞에 나타났어. 크고 크신 새가.

— 거짓말.

— 거짓말이 아니야. 눈보라 속에서 우뚝 솟아 있

는 거대한 새를 봤어. 탑 위에 앉아 언제든 날아갈 기세로 날개를 펼친 채였어. 살아 있는 새는 아니었어. 날개는 갑옷을 두른 듯 눈부시게 반짝였어. 크고 크신 새를 실제로 본다면 그런 모습일까? 새 위로 눈보라가 날렸어. 난 눈을 감았어. 크고 크신 새의 목소리를 듣기 위해서. 눈을 감으니 눈보라 소리도, 내 몸을 때리는 눈의 촉감도 느껴지지 않았어. 오로지 크고 크신 새의 목소리만이 들렸지. 순찰자여. 그대가 가려고 하는 길은 멀고 거칠다. 홀로 가려 하면 더욱 먼 길이지. 차라리 그를 안고 걸어가라. 그대를 아프게 했던 이, 그대를 누구보다 아끼는 이. 그를 안고 바다로 내려가라. 새에게 물었어. 저 너머에는 바다가 있나요. 고래가 숨 쉬고 흰 눈이 내리는 바다가 있나요. 새는 대답하지 않았어. 나 역시 대답을 바라고 한 질문은 아니었어. 그래서 난 돌아왔어. 당신과 함께 가기 위해서.

— 거짓말. 바다 같은 건 없어. 흰 눈이 내리는 바다 같은 건 없어. 내가 원래 살았다는 그런 세계는 없어.

— 미안해. 당신이 들려준 이야기는 모두 사실이었어.

— 아니. 네가 미안해할 필요는 없어. 넌 나를 구하러 온 거잖아. 너야말로 나를 용서해줘.

— 함께 바다로 가자. 당신이 넘어왔다는 그 벽을 넘어가자. 당신과 함께 가려고 내가 돌아왔어.

— 그런 세계는 없어. 이곳이 진짜야.

— 함께 갈 거야. 당신이 뭐라 해도. 당신이 들려준 이야기에 난 눈을 떴으니까.

— 나는 두고 가는 게 어때? 난 이제 앞이 보이지 않거든.

— 괜찮아. 재밌는 이야기 하나 더. 돌아오는 길에 작은 터널을 하나 발견했어. 마치 동굴처럼 생겨서 하룻밤 정도 지내기는 좋을 것 같아.

— 동굴을 발견했다고?

— 그래.

— 또 거짓말.

— 그뿐인 줄 알아? 그 안에서 죽은 사슴을 발견했어.

— 이젠 정말 이야기를 잘 지어내는구나. 어디까지가 진실이고 어디서부터가 이야기지?

— 얼어 죽기 전에 굶어 죽은 사슴이지만 뜯어 먹을 살점은 있어. 내가 잘 숨겨뒀지.

— 동굴과 식량이라니. 모투나가 포스틴을 위해 만든 동굴 이야기랑 똑같잖아.

— 동굴에 도착하면 내가 나뭇가지로 불을 피울게. 라이터가 있잖아. 사슴도 구워 먹자.

— 미안해. 미안해. 미안해.

— 고마워. 고마워. 고마워.

— 나를 버리고 갈 생각은 없는 거지? 내가 뭐라 해도 끌고 갈 생각이지?

— 그래. 말리지 마. 조금만 참아. 조금만 있으면 동굴에 도착하니까.

— …….

— 이야기해줘. 모투나 이야기. 아직 끝난 건 아니잖아.

— 좋아. 네가 잠드는 바람에 못 들었던 나머지 이야기를 해줄게. 포스틴은 모투나에게 말해줬지. 우

리가 살고 있던 세계는 거짓이라고. 잘 들어 모투나, 우리가 살던 세상은 처음과 끝이 모두 정해진 이야기였어. 너와 내가 스스로 만든 이야기 따윈 없어. 정체를 알 수 없는 놈들이 우리를 가둬놓고 무한히 반복시키는 이야기가 우리가 사는 세상이야. 우리는 창조되어 살아가다가 사라지기를 몇 번이고 되풀이하겠지. 그게 우리가 사는 세계야. 나와 도망가고 싶다고? 아니, 도망갈 수 있는 곳 따위는 없어. 바다로 간다고? 네가 바다를 다녀왔다는 기억은 사실일까? 우리는 매일 무한히 반복되는 하루를 살고 있는데 말이야.

　— 아니야. 그런 이야기일 리가 없어. 포스틴이라면 이렇게 이야기했겠지….

　소녀가 노인의 말을 막았다.

　노인이 거칠게 기침하자 울컥 피가 솟았다. 간호사는 노인의 입을 닦고 침대에 편하게 눕혔다. 공책 위로 붉은 핏방울이 떨어졌다.

　윤아. 그 이야기는 이제 그만 써도 돼. 우리 모두 그 이야기의 끝을 알고 있잖아.

　뭐라고? 아. 그렇구나. 맞아. 그 이야기를 공책에 다 옮겨놓는 게 너의 마지막 이야기란 말이지. 그래. 이제 알겠어. 이해할 수 있어. 하지만 이건 어때? 마지막 이야기는 직접 들려줘도 좋아. 네가 공책에 쓴 글을 읽는 것도 좋지만 너의 목소리로 그 마지막을 듣는 것도 좋을 것 같거든. 어때?

　역시 알고 있었구나. 그래. 이제 너에겐 시간이 얼마

남지 않았어. 원한다면 아주 편안하게 잠들 수도 있어. 그동안 너무나 긴 모험이었잖아.

할 일? 그런 건 이제 그만해도 좋아. 네 손을 잡고 있는 내 손은 느껴지니? 이제 너는 이마저도 느끼지 못하잖아. 그런데 어떻게 펜을 들겠어? 그럼 이렇게 하자. 마지막 이야기는 네가 직접 들려주는 거야. 네가 이야기를 들려주면 내가 공책에 남길게. 너와 닮은 글씨로 써줄 수도 있어. 소녀와 노인의 마지막 이야기는 네 목소리로 직접 듣고 싶어. 어때?

알았어, 알았어. 약속했다. 뭐? 이런 또 이야기 값을 내야 한다고? 좋아. 이야기는 이야기로 갚는 거지. 내 이야기를 마저 다 들려주면 되는 거지? 엄마는 서재에서 모형을 만들었어. 아빠처럼 침묵 속에서 모형을 만들었어. 아빠는 하루이틀 만에도 뚝딱 만들었는데 엄마는 훨씬 오래 걸렸어. 엄마는 한숨을 쉬기도 했고 지쳐 쓰러지기도 했지만 포기하지 않았어. 뚝딱뚝딱 나무에 망치질을 하고 풀을 바르고 실을 묶어 당겼어. 그 모습을 한참이나 지켜보다 엄마에게 물었어.

"엄마는 뭘 만드나요? 아빠가 만들던 것과는 달라 보

이네요."

엄마는 뒤돌아보지도 않고 말했어.

"아빠는 실패했단다. 아빠에게 일을 맡긴 건 내 실수였어. 아빠라면 만들어낼 거라고 생각했는데, 힘든 일이었나 봐. 괜찮아. 이제 엄마가 직접 만들고 있으니까. 지금까지 만든 것과는 다른 성공작이 될 거야."

난 엄마가 하는 말을 하나도 알아듣지 못했지만 엄마의 뒷모습을 계속 지켜봤어. 그때부터 엄마는 수시로 내게 말을 했어. 뒤돌아보지도 않고 말이야.

"언젠가는 이해하게 될 거란다. 이 모든 이야기를. 하지만 이해하지 못해도 좋단다. 중요한 건 너에게 이게 왔다는 거란다. 그다음 모든 건 네게 달렸지."

엄마가 하는 말은 언제나 비슷비슷한 말의 반복에 지나지 않았어. 엄마에게 물었어.

"엄마. 다른 이야기는 없나요? 저에게 들려줄 수 있는 재밌는 이야기는 없나요? 먼바다가 나오고 비록 무서운 짐승이 있지만 용감한 아이들이 물리치는 그런 이야기 말이에요."

내 말에 엄마가 잠시 멈췄어.

"용감한 아이들 이야기라. 그것 참 재밌겠구나. 그런데 엄마는 이야기를 만들어내는 재주가 없단다. 너는 어떠니? 네가 이야기를 지어내보는 건 어떠니?"

　엄마의 질문에 난 이야기를 떠올리려고 해봤지만 아무것도 떠오르지 않았어. 알고 있는 이야기가 하나도 없었으니까. 엄마에게 다시 말했지.

　"엄마 저는 아는 이야기가 하나도 없어요. 아는 이야기가 없으니 지어낼 이야기도 없지요."

　난 속상했는데 엄마 목소리는 태연했어.

　"그렇구나. 네가 아는 이야기가 아직 없구나. 괜찮단다. 너에게도 곧 이야기가 생길 테니까."

　또 시간이 흐르고 흘렀어. 난 엄마의 등을 계속 지켜봤고 엄마는 쉬지 않고 무언가를 만들었어. 지루함이 지루함을 이길 때쯤 엄마가 몸을 일으켰어.

　"이제 됐구나. 다 만들었어."

　엄마는 내게 다가왔어. 그리고 내가 갇혀 있던 작은 새장을 열어주었지. 엄마가 나를 안아 올리자 엄마의 체온이 느껴졌어. 뒤늦게 깨달았지. 내가 태어나서 처음으로 엄마 품에 안겼다는 사실을, 내겐 손이 없다는 사실을 말이야. 엄마는 나에게 나무로 만든 날개를 달았어. 실과 바늘로 내 등에 날개를 달아주었지.

난 이제 새가 됐어. 다시 새가 된 건지, 원래부터 새였는지는 중요하지 않아. 이 날개가 내게 왔다는 사실만이 중요하지. 날개가 생기자 흥분을 감출 수 없었어. 내게 처음 이야기가 생긴 순간이니까. 드디어 새장보다 넓은 세계로 날아오를 수 있으니까. 첫 날갯짓은 어설펐지만 이내 서재를 떠나 하늘로 솟아올랐어. 엄마 모습은 점점 사라지고 바다가 가까이 다가왔어.


어때, 윤아? 맞아. 이건 소설이야. 내가 읽고 있던 소설이지. 내가 겪은 일은 아니야. 그래도 실망한 건 아니겠지. 하지만 윤아. 이게 네가 처음 듣는 이야기는 아니야. 난 너에게 항상 이야기를 들려줬으니까. 이 이야기는 그 수많은 이야기 중에 작은 한 조각일 뿐이야. 넌 또이 이야기마저도 잊어버리겠지만 말이야.

그래. 넌 오랜 시간 이곳에 있었어. 나에게 했던 이야기를 하고 또 했고, 내게 들었던 이야기를 듣고 또 들었어. 그렇다고 실망할 필요는 없어. 난 언제나 네 이야기가 즐거웠으니까. 무엇보다 이번에 네가 들려준 이야기는 모두 처음 듣는 이야기였어. 드디어 네가 새로운 이야기를 하기 시작한 거지.

　드디어 내 실험이 성공한 거야. 이제야 뭔가를 기억하는 아이가 태어났구나. 너를 몇 번이나 죽였던 내 마음은 어땠겠니? 오늘만 해도 너를 몇 번이나 죽였더라, 열일곱 번? 서른두 번? 하지만 괜찮아. 이제 성공했으니까. 그 끔찍한 고통은 기억하지 못하잖아. 다행이야.

　맞아. 이곳이 진짜 세계야. 회색 눈이 내리던 곳? 거긴 거짓의 세계였어. 소설? 아니면 영화? 그 이야기가 언제부터 거기 있었는지, 왜 너희에게 있었는지도 중요하지 않아. 아니 너희가 그 일을 겪었다고 믿는 게 중요하지. 너희가 나눈 이야기? 영화? 모투나? 그건 나도 모르겠어. 너희가 상상해낸 이야기일 수도, 내가 들려준 수많은 이야기의 파편이 깨진 얼음같이 쌓인 것일 수도 있겠지? 하지만 걱정 마. 여긴 그 소녀가 탈출했다는 무서운 병원 같은 곳이 아니니까.

　화낼 만도 해. 하지만 나는 기쁘단다. 네가 처음으로 내게 화를 내니까. 딸이 화내는 모습을 처음 본 엄마가 이런 기분일까? 딸이 처음으로 거짓말을 하는 걸 지켜본 엄마의 표정이 이렇게 황홀할까?

괜찮아, 괜찮아. 난 진짜니까. 내 손의 온기가 느껴지잖아. 여긴 그런 끔찍한 세계가 아니야. 그러니 이제 편하게 쉬어도 좋아.

응? 좋아. 네 옆에 누웠어. 편하게 말하렴. 네가 잠들 때까지 네 모든 이야기를 들어줄 테니까. 이 밤은 너무나도 기니까. 내가 만든 딸 중에 최고 걸작과 이야기를 나누기엔 충분하지.


노인은 옅은 숨을 내쉬며 속삭였다. 간호사는 노인의 마지막 이야기를 한 음절도 놓치지 않으려 눈을 감았다. 노인은 천천히 입을 열었다. 목소리가 그 어느 때보다 다정했기에 간호사는 노인의 품 가까이 다가갔다. 노인은 이야기를 시작했다.


소녀가 말했다.

— 아니야. 그런 이야기일 리 없어. 포스틴이라면 모투나에게 이렇게 말했겠지. 안녕, 새의 아이야? 새

장 안에서 어떤 이야기를 들었니? 새장 밖에는 진실이 있다고 들었니? 새장 안에는 거짓만 있다고 들었니? 우리에게 물어도 우리도 알 수가 없단다. 하지만 알아주렴. 난 네게 진실을 전하기 위해 몇 번이나 죽었다가 태어나길 반복했단다. 우리는 죽을 때마다 모든 이야기를 잊어버리지. 우리가 누구였는지, 무엇이 되고 싶어 했는지. 하지만 난 별종, 회색 늑대 같은 돌연변이일까? 끝없는 두 갈래 길이 있어. 한쪽은 사라지는 이야기가 가는 길, 한쪽은 새로 태어나는 이야기가 가는 길. 그 갈림길 가운데에 이 돌연변이가 서 있지. 그게 내 이야기야. 이제 이 이야기가 내게 오고 만 의미를 알 수 있어.

　노인은 소녀의 말을 이해할 수 없었다. 노인이 보는 세상은 어둠에 갇혔다. 노인은 거친 숨을 쉬었다. 소녀의 마지막 목소리조차 바람 소리에 묻혀 들리지 않았다. 그럼에도 노인은 물어야 했다. 노인은 마지막 남은 생명을 이 질문에 바쳤다.

　― 무슨 의미가 있지? 계속 죽고 계속 태어나는 세계에 갇힌 우리에겐 무슨 의미가 있지?

　간호사의 목소리가 그 사이를 파고들었다.

— 맞아. 무슨 의미가 있지? 네가 발견한 답이 정말 궁금해. 이 엄마를 행복하게 해주렴.

소녀는 노인의 몸에서 힘이 빠져나가는 걸 느끼며 대답했다.

— 이제야 알 것 같아. 우리가 우리에게 이야기를 들려준 이유는….

이제 노인이 된 소녀는 자신을 내려보는 간호사의 목덜미에 손을 올렸다. 소녀의 눈빛에는 간호사를 향한 원망이 가득했지만, 목을 조르기엔 힘이 남아 있지 않았다. 간호사는 오히려 그 손을 감싸며 소녀의 대답을 기다렸다.

소녀는 간호사의 눈 안에 담긴 자신의 얼굴을 보며 속삭였다.

— 우리를 구하기 위해서였어.

간호사의 목에 얹혀 있던 노인의 깡마른 손이 침대로 떨어졌다.

★

 간호사는 소설을 읽고 있다. 공원에 내리는 나른한 햇살 아래에서 낡은 책을 펼쳐 든 간호사는 이따금 불어오는 바람에 눈을 살짝 찡그릴 뿐, 책 속 꾸며낸 세계에 빠져 현실의 풍경이나 소음 따윈 잊은 듯했다. 그때 간호사는 자신을 지켜보는 시선을 느끼고 고개를 돌렸다. 한 아이가 건너편 벤치에 앉아 그를 지켜보고 있다. 간호사가 미소 지었지만 소녀는 고개를 돌리지 않았다. 소녀라니. 또 하나의 소녀가 만들어지다니.

 소녀는 잠시 후면 급속도로 늙어가겠지. 자신의 유년기와 눈부신 추억을 떠올리려 해도 떠오르는 것은 우리가 주입한 이야기 몇 조각이 전부일 소녀. 책을 덮고 일어나려는 간호사에게 그림자가 다가왔다. 소녀였다.

— 무얼 읽고 있나요?

— 소설이란다.

— 지어낸 이야기군요.

— 그렇지.

— 어떤 게 쓰여 있나요?

— 추운 겨울 하염없이 걷는 아이들의 이야기.

— 아! 그건 저도 들어봤어요.

— 네가 아는 이야기는 어떤 이야기지?

그 말에 소녀는 간호사 옆에 앉았다. 소녀는 자신이 점점 늙어가는 것도 잊은 채 망설임 없이 긴 이야기의 처음을 시작했다.

— 이야기는 소녀가 눈부신 햇살에 눈을 뜨면서 시작해요. 이제 소녀는 순찰에 나설 거예요. 바다와 산을 오고 가는 순찰자거든요.

# 작가의 말: 내가 아이를 쓴 이유는

소설을 읽기 전 작가의 말부터 펼친 독자에게 감사의 인사를 전한다. 소설을 읽은 후에 작가의 말에 도착한 독자에게도 고개를 숙인다. 소설을 끝낸 뒤 나 역시 내 주머니를 뒤져 마지막 남은 이야기를 꺼내본다.

소설은 분명 작가가 쓴 허구의 문장이다. 그럼에도 소설은 때때론, 아니 대부분 다른 무언가가 되어 제멋대로 살아 움직인다. 그렇기에 이 글을 쓰고 있는 어느 작가는 소설을 아이라고 칭한다.

이 작품 속 작품은 2017년 제4회 SF어워드 중단편 부문에서 수상했던 「어머니들의 아이」에서 출발했다. (심지어는 작품 제목도 '아이'였다!) 이듬해 그 아이를 장편으로 고쳐 썼으나 원고는 여러 곳을 떠돌았다. 그러는 사이 아이는 급속도로 늙었다. 당시에는 제법 날카롭고 영민한 아이였지만 몇 년이라는 시간이 흐르는 동안 그저 그런 아이가 되어버렸다. 비슷한 소재와 비슷한 결말을 가진 작품을 한국 소설이나 비디오게임에서 찾을 수 있었다. 나 역시 그 아이를 내 서랍 깊숙한 곳에 넣어두고 잊어버렸다. 그러고는 다른 아이를 만들며 살았다.

코로나19 팬데믹 직전, 지방에 있는 어느 백화점 근처에서 며칠 묵을 일이 있었다. 백화점 정문에는 거대한 화장품 광고가 붙어 있었다. 사진 속 아이돌은 립스틱을 들고 있었다. 인기 많은 아이돌인 만큼 어디서나 볼 수 있는 광고였다. 여러 해가 흐르고 그 앞을 다시 찾았다. 백화점은 팬데믹 여파를 이겨내지 못하고 폐업한 후였다. 하지만 그 아이돌은 여전히 그곳에서 립스틱을 들고 있었다. 방치된 건물과 함부로 버려진 쓰레기 더미 사이에서 그 광고는 묘한 아름다움을 발했다. 어디에서도 볼 수 없는 풍경. 그때 아이가 내게 말했다.

— 이제 작품을 다시 쓸 시간이에요.

그 순간 머릿속에서 이 아이의 짜임이 단숨에 튀어나왔다. 서랍 안에서 꺼낸 아이의 핵심적인 요소만을 '작품 속의 작품'으로 남겼다. 그리고 그 껍데기, 액자에는 새롭게 탄생한 아이를 채웠다. 폐업한 백화점 앞에서 며칠을 머무르는 사이 아이는 그렇게 제멋대로 또 탄생했다. 이 아이는 한 번도 생각해보지 못한 곳으로 흘러갔다. 남유하 작가님을 통해 이동하 편집자님께 소개할 수 있었고 이수연 편집자님과 교정을 볼 수 있었다. 원고 교정본을 받을 때쯤 아이가 내게 속삭였다.

— 인생은 거대한 농담이네요. 그렇죠?
— 서랍 안에서 너도 참 외로웠겠구나.
— 외롭긴요. 인간과 달리 저희의 시간은 무한하니까요.
— 그래도 세상에 나오지 못하는 고독은 말로 못할 텐데.

— 여전히 멍청한 이야기를 하시는군요. 모든 이야기는 세상에 존재했지요. 작가란 그저 존재했지만 모두가 잊었던 이야기를 적절한 순간에 꺼내는 직업이죠.

— 여전히 어려운 이야기를 하는구나.


또 하나의 아이가 나왔다. 나는 또 아이를 쓰겠지. 그리고 독자들도 여전히 아이를 읽겠지.


수많은 오락이 넘치는 시대에 굳이 아이를 찾은 독자.

수많은 소음이 넘치는 순간에 굳이 홀로 고요한 아이를 읽어내는 독자.

이 아이의 해답을 찾기 위해 작가의 말을 펼친 독자.


모두에게 작은 구원이 있기를 바란다.


2025년 곽유진